# 同窗共读

tongchuanggongdu

张蜀梅 著

廣東省出版集團

花城出版社

中国·广州

图书在版编目（ＣＩＰ）数据

同窗共读 / 张蜀梅著. -- 广州 ： 花城出版社，
2012.7
ISBN 978-7-5360-6463-8

Ⅰ．①同… Ⅱ．①张… Ⅲ．①中篇小说－小说集－中国－当代②短篇小说－小说集－中国－当代 Ⅳ．①I247.7

中国版本图书馆CIP数据核字(2012)第067663号


出 版 人：詹秀敏
责任编辑：林宋瑜　余佳娜　揭莉琳
技术编辑：薛伟民　凌春梅
封面绘画：邝　幸
装帧设计：林露茜

出版发行　花城出版社
　　　　　（广州市环市东路水荫路11号）
经　　销　全国新华书店
印　　刷　广东新华印刷有限公司
　　　　　（广东省佛山市南海区盐步河东中心路23号）
开　　本　880毫米×1230毫米　32开
印　　张　6.75　1插页
字　　数　180,000字
版　　次　2012年7月第1版　2012年7月第1次印刷
定　　价　20.00元

如发现印装质量问题，请直接与印刷厂联系调换。
购书热线：020－37604658　37602954
欢迎登陆花城出版社网站：http://www.fcph.com.cn

# 目　录

# 序·一个人曾经的文学梦

张蜀梅是我认识多年的朋友，年份太长，大概快要二十年了。显然地，我第一次见到她，印象深刻，她是大学里人见人爱的女生，娇俏玲珑，戴着小帽儿，手跟脚都长得非常细巧。她曾经伸出脚来跟我们比，所有人的脚都没有她的小只，她得意到狂笑不已。那时她在南京，过着典型的文艺生活，跟作家诗人画家们在一起做朋友。南京盛产俊美的男小说家，这点全国的文艺女青年都有共识，所以，当时我很羡慕她，在最好的年华，跟最潇洒俊俏的一群人每日厮混。而最美好的年华里头，我们大家都没有钱，没有名声，没有工作，没有步步紧逼的生活。

这个四川姑娘，说话声音声量高，语速快，走路一阵风，活泼到不行，后来她也来复旦上学，跟我们宿舍的郝利琼是老乡，关系很好，也经常来我们宿舍玩儿，每次她来，我都觉得春天提前降临了。她有花香鸟语的气质，她很是亲切，又漂亮。

对一个故人，和她曾经的文学梦，我该说些什么呢？那些旧有的梦想，好像一盏灯，纵然其他灯都熄灭了，在她心里头还亮着这盏，所以，现在她的小说结集出版，我觉得是灯芯儿又拔高了一截，是她的热情和力气，还在燃烧的证据。而今我们甚少谋面，见面都在围脖私信里头了，我知道任何时候她都还是我最靠得住的女友，任何时候，我也是她曾经的梦的现在时，我们要彼此努力，才能不辜负。

写这个序，也为了那些年。

巫　昂

著名诗人，情感专栏作家

"SHU 手工"品牌创办人

# 同窗共读

谁说我们不谙世事

我们每个人都有一双行家的慧眼

## 我的室友，我的伙伴

成长是痛苦的，还有教训。

母亲在窗外看着我，她的双鬓出现了几根白发，在那闪着银光。

那年母亲才 44 岁。她说了很多话，我只记得这一句，因为它很哲理。

这是我第一次坐上火车，我要离开家乡，去梧桐城上大学。

我的大学从 1992 年 9 月的某天开始，随之而来的是我的大学生活，我同窗共读的姐妹们，我的爱情，我的未来，都从这一天拉开了序幕。我出生在四川北方的一个小镇。为了实现展翅高飞的梦想，我坚持离开家乡上了大学。

因为买火车票很难，我最迟报到，所以在宿舍的待遇是理所应当的最差。我的宿舍是 1 舍 108 室，一进门，就看见宿舍里摆了 4 张上下铺的铁床，宿舍只住 6 人，4 个下铺已被占据，另外两个人要睡上铺，靠窗的两张上铺一个被上海欧阳睡了，另一个呢，上面放满了皮箱和杂物。

一个长得十分妩媚的女子斜躺在下铺，她所有的美艳都源于她那细长细长的眼睛，眼尾稍稍地上吊，露出勾人的神韵。一些阳光照在她的右手上，她正在看一本叫《生命中不能承受之轻》的书。

读那书，在当时，很时髦。

她见我正在打量着她头顶的上铺，就合上书站起来，伸了一个长长的懒腰后，慢腾腾地对我说，我是扬州人，叫高小芳，你就叫我扬州小芳吧，你来得太晚了。

她又指着她上铺上面的东西，对我说，你看，这不是我一个人的东西，再说，我即便是同意你睡在这里，她们未必同意。

我看只有靠门边的床位空着，没有人要，因为那里很冷。

当她知道我是从四川坐了几天几夜火车才到梧桐城的，那瞬间，我看见了她眼里些许的鄙夷。

这鄙夷的目光，是我步入大学收到的第一份礼物，它通过我敏感的眼睛，传递给了我脆弱的神经。

我受了内伤。

我有些相信母亲的话，大学可能是天堂，也可能是地狱。

我对扬州小芳的态度感到反感，也许，我和她在出身上存在着差异，但这些东西，无法选择，就算她出身比我高贵，但我精神比她洁净和高尚。

当时宿舍就我和她在，我一听就明白了她不愿意让我睡在她的头上，就对她说，我就住在靠门边吧，我的身体好得很，不怕冻。

就这样，我住在靠门边的上铺，4根竹竿撑起了白色的蚊帐，像沙漠里一只孤独无助的风帆。

"成长是痛苦的，还有教训。"

母亲像箴言一样的名言，我又一次想到了。

第一夜，我失眠了，夜已很深，仍然睡不着，怕吵醒她们，不敢翻身。我听见她们均匀的鼾声，窗外有风，仿佛还有树叶掉在地上的声音，秋天到了。

白天的时候，我清楚地记得我们宿舍的窗外是一块篮球场大的草坪，草已开始变黄，靠窗边是一条石板铺成的路，向东通往学校医院，向西通往男研究生楼，路边是两排樱花树，宿舍后面有一个小型运动场，下午我去打开水时，看见有几个男生在踢球。

白天的事，在我脑海里挥之不去，那些室友，除了扬州女子高小芳给我留下了深刻印象外，我的下铺是一个来自山东的女子李若凤，她个头很高剪着短发，前额有一排齐眉刘海，她的话很少，当她看见我时，我已坐在她的上铺，悠闲地摇晃着一只脚，她显得很大度，对我说，你只要不闹翻天，就行；和我一样命运睡在上铺的是从大上海来的欧阳婉茹，她看上去自我感觉最好，甚至没把扬州小芳放在眼里，因为班里就她一人来自上海，显得比每一个人都高人一等，不善言辞或是不愿意或是不屑与我们交谈，上海人嘛，把全中国人民都当乡下人，她理所应当地不屑与我们说话；上海欧阳的下铺是来自北京通县的女子姜红，她有李若凤那么高，更像一个运动员，很强壮，令人顿生敬意，恐怕连男生都会敬她三分。

倒是苏北东台来的小胖子严丽丽显得平易近人，她与我说话最多，在不到一个小时的时间里，她帮我铺床，热诚地领我去小卖部买日用品，帮我熟悉学校的环境。我还几乎知道了关于她全家人的现状，她有一个哥哥已结婚，父亲有一家生产矿泉水瓶的作坊（她说是工厂，其实只有 10 个工人的作坊），母亲是个十足的阔太，整天在家召集人马打麻将，但是只要父亲在外面的风流韵事不结束，父母之间马拉松式的吵架也就永远不会停止，她有些调侃似的对我说，其实他们之间的问题非常好解决，那就是离婚，但他们宁愿成天吵架，也不愿意离婚，她父亲说，离婚了再找一个老婆，可能还会吵架，与其那样，还不如就找吵了几十年的老对手，知己知彼，百战不殆！而她自己是父亲的掌上明珠，热爱写诗，中学时就在全国 10 多家报纸杂志上发表了上百首朦胧诗，我对她充满了感激，羡慕，还有好感，我想如果我现在要开始交新朋友的话，严丽丽成了我大学时代的第一个好朋友，我喜欢她的率真和善良，她很信任我，甚至把她初恋情人的事都告诉了我，才一天的时间，我们就已经无话不说，形影不离。

她们就是我同居一室的同学和伙伴，我要和她们同窗共读整四载。我在揣摩她们，她们也同样地在盘算着我……

**4**

夜更深了，我更加清醒，远处传来若有若无的汽笛声，伴我度过了大学的第一个夜晚……

## 每个人的夜晚，每个人的初恋

一星期后，我已不失眠了。

我睡上铺，特别谨慎，上下床都格外小心翼翼，每天早上起来都不折被子，等到中午下课，抢在大家还没回来时，才整理我的床铺。而上海欧阳什么也不顾及，每天起床后，第一件事是整理床铺，她高高地站在桌子上，双手拿着床单的两边，用力一抖，要是有阳光，都看得见灰尘满天飞，甚至还有毛发在随风飘扬。

睡在她下铺的姜红每天则忍气吞声地等她收拾完毕，再整理自己的床铺。姜红都没有意见，谁也就无法开口，大家都明白，谁叫她是从上海来的呢。

除了上海欧阳已开始有了交际，大家对梧桐城都还很陌生，周末的时候每个人都守在宿舍，花两块钱买一袋瓜子，边嗑边聊天，说东道西，像一群八婆，彼此消遣，驱走孤独。

虽然才一个星期，我觉得扬州小芳在对我的态度上，已经有了变化，没有了第一天见面的那种令人讨厌的鄙夷神情，甚至对我有点客气了。

其实，我一直在观察她，就像一个便衣警察，一只黑暗中工作的猫，她似乎也感觉到我对她冷眼观察的压力。观察得出的结论是，她和我们没有什么两样，她也大小便，来例假，她也孤独、寂寞，也关心别人的隐私。

第三个周末，星期六晚上，到了深夜 12 点了，我们叽叽喳喳说了一整天，但大家都还没有睡意。

突然间，严丽丽叹了一口长气。

我马上问她，怎么了？你父母又吵架了？

她说，我现在才不管他们吵不吵架呢，我在想我国庆节要不要回家。

我说，你离家近，还是回吧。

她说，我回去会很痛苦，不回去也会难受。

我说，是不是你的初恋情人要结婚了？

一说到"初恋情人"几个字，大家兴致盎然，在探听别人的隐私上，大家显得异常的团结。

扬州小芳说，初恋情人要结婚？有些尴尬啊！不过嘛，就看你怎么认识这个问题了，如果你还爱他，那你会有些痛苦……

姜红说，不用那么痛苦，你可以回去把他抢回来啊！我觉得爱情完全要主动去争取，告诉你们，我这次来梧桐城读书，其实是为了一个男人呢。

大家又仿佛被注了一针兴奋剂，对严丽丽的初恋没了兴趣，姜红的话更有吸引力，大家几乎是异口同声地喊道，快说来听听呀！

扬州小芳说，真刺激，今晚不愁没事干了，"通红"快说来听听。

姜红对扬州小芳说，我怎么变成了"通红"了？

扬州小芳说，哎呀，你们成天喊我扬州小芳，你来自通县，名叫姜红，为了方便大家的称呼，以后就叫"通红"算了。

这时门咿呀开了，上海欧阳约会回来了，她几乎每个周末都有约会，但她从来都不说她去干什么，约会了谁，神秘兮兮的，但每次回来，她总带给大家很多吃的，除了巧克力，还有吃剩的菜打包回来，大家也不嫌弃这些剩下的饭菜，它们从哪里来，有没有变质，有没有被下毒，大家都抢着吃，至于她去哪里，见了些谁，看在那些食物的分上，就不去追问了。

显然她在门外就听见了我们的谈话，她说，哎呀，"通红"，是多么吉祥的名字啊，带着中国传统文化的浓香，姜红你就认了吧。

姜红这下也没有反对，不过看得出来她是有些不高兴。她没有理睬上海欧阳继续说她的爱情故事，她说，说真的，我很喜欢文学，成为一名著名作家是我从小的梦想，为了实现这个梦想，父母为我订了很多文学杂志，买古今中外的名著，并从7岁时开始写诗；中学时，我就特别喜欢梧桐城一个作家，他的名字，我要保密，因为他已有妻室，我前年在北京见过他一次，他是去北京领一个文学奖，我获知这个消息后，在他住的酒店等了一个通宵，他知道了这回事后，送我一套他的新书，还给我签了名；我觉得他很亲切，平易近人，人不仅年轻，又非常的帅，我简直爱上了他，真希望为他牺牲一切，为他献上一切；真可惜，他告诉我他已结婚了，有了一个女儿。那时我很伤心，但我不甘心，我想，就是他不爱我，我也要让他对我刮目相看。所以，现在，我来了梧桐城上大学，否则，我怎么会放弃首都北京那个大城市呢。

上海欧阳马上接过话题，刻薄地说，哟，我说呢，放着北京的清华大学、北京大学不读，跑到梧桐城这个小城市来，原是为一个男作家呀，佩服佩服。

通红马上冲着上海欧阳说，你大上海有一个复旦大学名扬全世界，你不读，跑到梧桐城来，又是想干什么呢。

上海欧阳说，哎呀，费你操心了，我就是不争气呢，是我自己没有考上复旦大学，我要是本事大，根本不稀罕去北京，我要去美国、日本、澳洲、加拿大，为什么读梧桐城大学，只因为梧桐城离上海近，方便父母和朋友来看我。

通红说，真是太阳从西边出来了，骄傲的上海人肯承认自己本事不大。

上海欧阳说，是呀，我本事不大，你满意了。

扬州小芳见势不妙，眼看着她们要吵起来，她一边给我和严丽丽挤眼，一边大声说，小胖子，你的初恋情人呢，还没说完呢。

善良的严丽丽被揪出来救场，只好说，其实他不是我的初恋情人，是我暗恋他。

扬州小芳很会启发人谈隐私，她说，哎呀，严丽丽你真没有通红勇敢，说来大家听听，看看我们是否可以帮你。

严丽丽信以为真，就说，那是小学五年级的事了，我从小喜欢诗歌，想成为一个女诗人，经常去我们县城唯一一间新华书店去买书，我买很多文学期刊，但那书店太小了，想买的书，常常没有，他总是笑着对我说"小妹妹，你要什么书，你写给我，我去梧桐城和上海进货时带给你"，我就经常给他写小纸条，上面写满了我喜欢的书。我们熟悉以后，我知道他高中毕业没有考上大学，他父母通过走后门才找到这份工作。我喜欢他说话的声音，他的声音很有磁性，低沉，让我感伤，每次和他相遇，我都不敢看他的脸，也不敢看他的眼睛，只是低着头，很认真地听，他的声音像是从遥远的地方千里传来的一样。他总是夸我买书很有眼光，还经常拿着我买的书给我朗读，我记得他朗诵《四个四重奏》的样子，还有那首著名的《米那波——桥》。忘不了，他说，梧桐城大学永远是他的心痛。因为自己觉得考不上北京大学，总以为考梧桐城大学是没问题的，但考试的结果是，连一个中专都没考上。他哭了一个暑假，其实我知道他也很喜欢读书，很多诗人的诗集都是他推荐给我的。

严丽丽仍然沉浸在她的回忆之中，她说，初中以至于高中，我都还坚持每个星期去看他，去他工作的书店买书，每一次买书回来，都在书的扉页写上："今天，我又看见了你，听见了你的声音"；"你今天理发了，真好看"；或者"你今天穿了一件新衣服，那颜色，我喜欢"；然后署上年月日，星期几，下午还是上午，天晴还是下雨。当我拿到了梧桐城大学中文系的录取通知书后，兴冲冲地去告诉他，他高兴了一整天。可是，我来上学的时候，他没有来送我，我隐约感觉到了什么，直到昨天，收到中学同学的信，知道他要结婚了，就在国庆节。

扬州小芳说，哎呀，真凄美，像小说一样。她在说这话时有些矫情，这可能是她一贯的作风。

大家都没有搭话。

我知道严丽丽说的都是真的，她已在某个吃饭时间告诉我了，我记得她说的每个细节，她现在再说一遍时，我还是为她初恋的纯洁和无奈而感动。

通红说，严丽丽，我觉得他肯定是爱你的，只因他自卑，觉得配不起你，才随便找一个女人结婚的，别伤心，其实爱一个人，不一定要和他结婚，得到他的心，就赢了。

上海欧阳说，结婚是场交易，它给你带来多大的利益，你就有多动心。你现在还不懂得婚姻的真正意义，所以，才会盲目地痛苦。

一个晚上都不说话的李若凤说，我本来不想打击你们的，按照我的观点，和男人谈恋爱而烦恼的是疯子，和一个男人结婚的女人是傻子。

上海欧阳一听，叫了起来，呀，我还不知道，我们这儿有一个哲学家呢。

扬州小芳也攻击李若凤说，肯定受什么刺激了，都疯言疯语了。

倒是通红说，说不准李若凤她已经到了一个高度，一个境界了。

李若凤也不生气，懒懒地说，是呀，看来这儿还真有人懂我，我已站在一个高度，是你们永远无法达到的高度，我都懒得和你们对话，你们不配。

扬州小芳说，既然已到了一个高度，你早该去鸡鸣寺的。

李若凤针锋相对地说，我从山东来，就是为了找这里的鸡鸣寺，这不，在鸡鸣寺门口遇到了你。

再次提到"鸡鸣寺"这个著名的尼姑庵，扬州小芳根本不想和李若凤再探讨什么了，她对我说，你呢，四川妹子，你的初恋呢？

我说，我父母是非常反对我上大学，为了上大学和家人斗争了很久，哪有什么心思恋爱，再说，我也没有遇到真心喜欢的人。

严丽丽对我一笑说，一张白纸多好。

我说，你觉得好吗？可我怎么没感觉到它的好处，我倒是羡慕你，初恋的故事像一幅连环画，你觉得痛苦，但我羡慕你有痛苦的感觉，那仿佛就是一种享受。

严丽丽说，扬州小芳，你这么漂亮，肯定有很多男孩子追吧。

扬州小芳有些得意地说，我嘛，还真不知道哪一次是初恋呢，我暗恋过中学体育老师，因为他皮肤晒得黝黑发亮，肚皮上那些肌肉，很性感，也喜欢过高年级的男同学，因为他个高，当然，我们班也有不少为我打架的男孩子，但我喜欢一个人从来都不会超过三个月。

"性感"这个词，在当时听起来好酷。

上海欧阳本来没有参加我们的聊天，她在一边不停地梳理她一头的长发，听了扬州小芳的炫耀，马上说，水性杨花，名不虚传。

扬州小芳立马回击，你呢，怕是每天都在换男人，还把自己当成一个黄花闺女。

通红终于找到了一个报复的机会，附和着扬州小芳说，就是，有的人，当了婊子还想立牌坊。

严丽丽见势不妙，赶紧说，好了，好了，别吵架了，都是我引来的话题，都怪我不好，你们别打起来哦。

出人意料，上海欧阳表现得异常平静，她一点都不生气，说，你们和一个婊子住在一间房子里，不怕不久也成了婊子吗？

真奇怪，这回大家都闭嘴了。

10

## 每个人的白天，每个人的现在

国庆放假 3 天，加上周末，一共 5 天假。

我劝了严丽丽半天，要她不回家，希望她留在梧桐城陪我，经过一番思想斗争，她还是决定要回家，参加她初恋情人的婚礼。

我想，也许她的初恋情人早已经横下心，根本没想邀请她，是她自愿回去的，谁都知道，她这样回去，只有怄气的份。

但，我怎么劝都没用，她说，回去就是死，我也愿意。

扬州小芳也要回扬州过国庆节。回家的这天，她最风光，所有的人，就连楼道里的阿姨，都在对她阿谀奉承。

那天一大早，管理宿舍的阿姨来敲我们的门，她换了一张从来没有见过的慈祥面孔，连声音都变得愉快多了，说，哎呀呀，有人开着车来找扬州小芳啦，我认得那车是黑色奥迪，政府官员都喜欢，可气派了！

扬州小芳轻描淡写地说，是她爸爸的司机开车来接她回家，那个大约快 50 岁的、一脸忠诚的司机毕恭毕敬地告诉我们，原来扬州小芳的爸爸是扬州市的一位高级政府官员。

听到这消息，全宿舍的人都万分惊讶，她从来都没有炫耀过呀，大家忽然对她异常客气，客气得有些低三下四，就连上海欧阳看她时脸上也有了献媚的笑容。通红就更不愿意惹她了，我和李若凤出身本来就平常，对"地位高低"没有什么概念，看见她们的表现，我们都仿佛在看一场舞台剧。

知道了扬州小芳与众不同的身份，我就理解她与我第一次见面时的眼神了，她从小就生活在一个远离老百姓的生活环境里，她不能理解和感受我为了上大学不仅要和父母斗争，还要和金钱斗争，没有钱，买不起卧铺或者飞机票，就得坐几天几夜的火车硬座。

真的，在这个世界上，你不得不承认，每个人都是有差别的，上帝对每一个人都是"不公平"的，那些说"上帝对每一个人都是公平的，命运对每一个人都是公平的"的人，都是在自欺欺人。

## 友谊像太阳一样在身边升起

**12**

国庆假期，该走的都走了。剩下我，通红，李若凤和上海欧阳。

上海欧阳一大早就去了中山陵，据她说，她上海的一个朋友专程来看她。通红呢，一大早起床后，打扮了一番，也出了门，她要去作协，找她的梦中情人，这已是公开的秘密。

也许因为我们地位相当，我和李若凤走得更近了。现在就剩下我和她留在房间睡懒觉，到了中午，我们才起床结伴去吃饭，打开水。她高出我一个半头，和她那么大一块走在一起，我觉得她像一个男人，她像个哥哥样随时都照顾着我。打完开水，我拿空碗，她拎着四瓶开水，仿佛没费一点劲。

下午，我们去了鼓楼广场，那里有国庆节的气氛，远远地看见几个巨大的氢气球在天空飘着，"祖国万岁！"几个大字很耀眼。绕着鼓楼广场走了几圈，我们觉得十分无聊，还是回到宿舍。

午后，阳光懒懒地照进房间里，李若凤翻开《圣言的倾听者》，像一个虔诚的教徒那样大声地忘我地朗读：

> 我们在从事形而上学，而形而上学是一门人的科学。所以，从本质上看它总带有不可避免的属于人性本质的惶恐和隐晦……人之在，从根本上说只不过是对于上帝福音的倾听的能力，上帝福音是永恒的生和永恒的光，它一直照射着活的上帝在恩宠中向我们所敞开的他那深邃之境。

我听得都昏昏欲睡了，不得不打断她。

我问，你是基督教徒吗？

她说，不是。

我就说，那你干吗还读得这么卖劲，再说，那天晚上，你说恋爱结婚的人都是疯子傻子的，你真不愿意恋爱？

她狡黠地说，相信我的话，你也真傻。

傍晚，上海欧阳香喷喷地回来了，一头乌黑的秀发像瀑布一样披在她的后背。她说她朋友住金陵饭店，她顺便在那里洗了个五星级的澡。

我懵懂地问，既然是五星级的酒店，你怎么不顺便在那里住上一夜呢？

上海欧阳说，我的朋友是个男的。

我吐了一下舌头，说，哦，问错了，对不起，对不起。

上海欧阳对我一笑，没关系，不知者不为过。

李若凤马上讨好地说，欧阳啊欧阳，我打了四瓶开水，你可以随便用。

过了一会，通红也回来了，李若凤又凑上去说，红啊红，我今天打了四瓶开水，你可以随便用。

通红则没有搭理她，看来通红和她梦中情人的约会不是那么愉快。

看见李若凤卑躬屈膝、低三下四地讨好每一个人，我心里一下觉得她有些讨厌，说得难听些，她浑身散发着奴性。

星期天李若凤主动陪我去选修的钢琴课面试，在路上，我想，卑躬屈膝、低三下四可能是她的美德。

艺术教研室里真是人山人海，把整个教研室挤得水泄不通，报名的学生大约有 300 人，而钢琴课只需要 30 人。

见这么多人报名，我就心虚，想放弃算了，但李若凤还坚持，她说，既来之则安之。说着，她跑去帮我报名了。我一个人坐在艺术教研室门外的石梯上，我拿出那本《圣言的倾听者》，像李若凤一样大声朗读起来。

哈喽！哈喽！

听见喊声，我才停止朗读，循声望去，原来是一个背着吉他的陌生男子在对我打招呼。

我说，我要去面试，有些紧张。

他哈哈大笑，你就这么减压？别紧张，这里有很多人没有钢琴基础呢。

我一下轻松了，发现眼前的男子是一帅哥，虽然头上有几根少年白，也不影响他的英俊，他不仅有一张英俊的脸，尤其是高鼻梁和大眼睛搭配起来，看上去很舒服，178 厘米高的身材也不错。我对他有了朦胧的好感。

他望着我说，我叫杨柳，广州人，是物理二系的硕士研究生，你呢。

我说，我是中文系的本科生，从四川来，叫苏小小。

李若凤报名回来对我说，报名了，老师喊你的号，你就去。

杨柳见李若凤后，自我介绍了一番，彼此留下了通讯地址，宿舍电话。

面试真简单，三行视唱，一个练习曲，就这样。

杨柳叫上我和李若凤在北园的草坪上坐了一下午，他给我们弹吉他唱歌。

我说，这些歌我怎么没有听过？

他问，好听吗？

我说，很好听，但它们都有些感伤。

他又问，你喜欢吗？

我说，喜欢，比那些眼下的流行歌曲要深刻得多。

他有些得意地说，这些都是我自己作的词曲。

听他会作词作曲，我心里羡慕死他了。

聊了一下午，东拉西扯，天南海北，原来杨柳虽然学的是理科，但骨子里是一个文学爱好者，对文学还存在一些幻想。

这国庆节是我进入大学的第一个快乐日子，连阳光都是柔和温暖的，我的心，像插上了一个幻想的翅膀，升上天空。

第四天晚饭后，杨柳拿了吉他，来宿舍找我们。看见他，我的心一下紧张起来，不知该怎么接待他。

刚好上海欧阳从外面回来了，她浑身散发着"五星级"的芳香，她朋友已经回了上海。看见宿舍来了一名帅男生，她就主动去和他打了招呼，并殷勤地为他泡了一杯咖啡（除了雀巢速溶咖啡，她还经常喝立顿袋装红茶，她的柜子里有取之不尽的吃的喝的，像个魔术箱）。

李若凤见上海欧阳对杨柳的热情劲，就嘀咕着说，真是一个好色的家伙！

杨柳假装没有听见李若凤的嘀咕，在上海欧阳对面坐了下来，并对她自我介绍了一番，留了地址和电话。

上海欧阳显然也假装没有听见李若凤的嘀咕，一边给杨柳留电话，一边说，广州有你这么帅的人，真是稀有呀。

杨柳说，你是在褒扬我呢，还是在骂我？

上海欧阳说，哎呀，广州嘛，离港澳那种资本主义社会很近，大多数人都很富有，但是从外貌看来，多数人是不敢恭维的。

杨柳说，我爸是南下老干部，原籍哈尔滨，是中山大学的退休教授呢。

上海欧阳笑着说，我说呢，广州哪里有这么帅的人，难怪，难怪！

这时严丽丽一脸悲伤地出现在宿舍门口，她像病了一样，脸色惨白。没多久，扬州小芳也回来了，她家司机帮她拿进一堆大包小包，全是衣服和食物。

看见宿舍里来了一个英俊男生，大家都很开心。

扬州小芳非常大方地拿出大堆的食物来，花生、巧克力、鱼肉干、牛肉干，还有扬州特产芝麻牛皮糖。

通红也破天荒去小卖部买来啤酒。杨柳又高高兴兴地把自己介绍了一番。

吃吃喝喝，酒足饭饱，杨柳说，我给你们唱歌吧。说着，他又把那天下午唱给我和李若凤的歌又重新唱了一遍。

直到阿姨来赶他走，说宿舍要关门了。


## 朋友，还是情人


意料之中，我过了钢琴课面试，每星期两次乐理课，每天练 1 小时钢琴。

现在，中文系的靳鑫教授正在讲授西方美学，他好像正讲"克罗齐的表现主义美学"，但我真不知道他在说什么。教室里同学们也各怀心事或各行其道，有人看课外书，有人埋头写诗，我在写日记，至少还有 4 人在传纸条。

有小道消息称，靳鑫教授是北京大学中文系的高才生，毕业后去英国留学，回国后，原本在北京大学任教的，但因为他太多地给学生传授资本主义社会的自由思潮，20 世纪 80 年代末，被迫离开北大，来了梧桐城大学。据说，他 20 岁左右时也写诗，遗憾的是，他已经结婚。凭直觉，我们是喜欢他的，至少他的骨子里和我们一样，喜欢自由，喜欢幻想，对文学仍然有热情和指望。

这学期的课，除了日语和英语，都得在这个像地窖一样的大教室里进行。外面是阳光灿烂，里面是冰天雪地。我在这个地窖一样的教室里发现了第一只蚊子，它勇敢地绕着我飞了两圈。

下课后，严丽丽拉着我去了外面的阳光里晒太阳。

她说，我暗恋的人结婚了，我对他已不抱任何希望了，我有一个新的秘密——最近喜欢上另一个人。

我马上问，谁？

她说，他的歌声很美，他的吉他弹得如行云流水，我从心里喜欢他，你大概猜到了吧。

我一时没有反应过来，有些纳闷，对她说，我猜不到，是谁呀？

她说，就是杨柳呀。

我好诧异！说，你怎么那么容易就爱上一个人，你才见了他一面呢。

她坚决地说，你知道吗，我相信一见钟情。

我无言以对，也许，我在嫉妒她那么胆大，我可能也有些喜欢这个英俊的男子，我最早认识他，对他有了好感，但第一个说出口的不是我。

她接着说，喜欢他，也许是为了驱赶孤独，用一个人去忘掉另一个人吧。你帮我打听他有没有女朋友，试探他喜不喜欢我。

我答应帮她问，其实，我也想问他这个问题。

晚自习后，严丽丽神秘地把我叫到小松林，拿出一本《普希金爱情诗选》交到我手上，再四下张望，压低嗓门说，这是送给他的，你好找个借口见他，顺便问一下，这个周末他愿不愿意和我去大礼堂看场电影。

我说，你怎么不去曙光和胜利看？

她说，学校大礼堂也不错，每个周末都放国内外经典名片，票价才 3 元钱，而曙光和大华，起码也要 25 元一个人，我现在没那么多钱，再说，我愿意在学校大礼堂看，我希望大家看见我的恋爱。

天呐，她好像着了迷一样，真以为自己是一个恋爱中的女人呢。

我说，哦，我现在就去找他。

我拿着严丽丽的爱情信物，忐忑不安地来到二十舍。

看门的阿姨拦着我，用怀疑的眼光审视了我 1 分钟后，问，找谁？

我说，物理二系的杨柳。

阿姨又打量了我一番，一边按对讲器上的数字，一边问，你是哪个系的？

我老老实实回答，中文系的。

对讲器嘟嘟嘟响了几下后，那边有了回应。只听见阿姨在问，杨柳在吗？

对方回答说，不在，他出去了。

阿姨挂了对讲器，问我，他不在，你留言吗？

我说，麻烦你告诉他，我是他钢琴课的同学，中文系的苏小小，让他明天中午在琴房等我，我有事找他。

有些失望地回到宿舍，严丽丽看我拿着《普希金爱情诗选》回来，就明白了三分。我在洗手间悄悄告诉她，他不在，我给他留言了，明天中午见。

看见我和严丽丽神神秘秘的样子，扬州小芳说，搞同性恋是不是？

李若凤马上驳斥她，你不知道同性恋是什么，别随便糟蹋"同性恋"这三个字。

上海欧阳说，哟，我们这个哲学家还是"同性恋"保护者呢。

李若凤没有搭理大家，但她显得很不高兴。

上海欧阳仿佛在问大伙，又仿佛是自言自语，说，那个喜欢弹吉他的杨柳很英俊啊，教授的儿子，有地位，又出生在广州这样的大城市；样样齐全，是个难得的才貌双全的男子，我建议大家去追他。

严丽丽从洗手间跑出来说，哎呀，不要那么鲁莽，我们还不知道他有没有女朋友呢。

上海欧阳哈哈地奸笑着，说，真有人急了，有没有女朋友不是什么障碍，就是结了婚也可以离呀，那要看你的吸引力有多大和对方对你感不感兴趣。

扬州小芳也赞成上海欧阳的观点，她说，婚姻真是一场赌博，有了地位和金钱，你就赢得了一切，情感这东西一钱不值。

李若凤冷笑后没有出声，她总是标榜自己的情感观，她总认为自己已看破红尘，达到了某个境界，上了某个高度，大家已经习惯了她的冷嘲热讽。

第二天中午，杨柳来到我的琴房，说，苏小小，你找过我？

我停下来，神秘兮兮地对他说，你告诉我，你现在有没有女朋友？

杨柳一下懵了，说，你怎么突然问这个问题？

我说，你现在可吃香了，昨晚我们宿舍的女人们都在议论你呢。

他马上显得很开心，说，真的吗，那个欧阳说什么了？

我说，她夸你很帅，又有才气，她鼓励大家都来追你。

他笑嘻嘻地说，她还说什么了吗？

我说，没有了，后来大家为了爱情和婚姻的问题吵了起来。

我顺便把严丽丽送他的书递给他，说，你还记得那个严丽丽吧，这是她送你的，她要我转告你，她想请你这个周末去学校大礼堂看电影呢。

他收下了严丽丽的书，说，哦，严丽丽，记得，记得，就是那个可爱的小胖子，不过你转告她，这个周末恐怕不行呢。

然后，他没再说什么，在我的琴房看我练了一会音阶，就走了。

当我把杨柳的话转告给严丽丽的时候，我觉得这并没有给她带来欢乐，反而让她产生了新的困扰。

严丽丽问我，听他的意思，他到底是有没有女朋友嘛？

我说，他没直接回答我这个问题，我怎么好追问呢，上海欧阳不是说了吗，你根本不要在意他有没有女朋友，关键是他对你有没有兴趣。

严丽丽一脸的迷茫，说，那你说，他对我有没有兴趣呢？

我赶紧安慰她说，他要是对你没兴趣，他就会说，"我不会去的，我有女朋友了"，你看，他说的是"这个周末恐怕不行"，并没有说死呀，说不定下个星期他就有空了呢？你还是很有希望的，你要耐心地、矜持地等待。

她听了我的劝告，仿佛也看到一线希望，她开始一门心思地等待杨柳给她的答复，课余，她还兴致勃勃地参加了学校的"我们"诗歌协会，"我们"这个响亮的口号还是她提出来的，因为她在《人民文学》上发表过组诗，她在诗歌小组里面似乎还有些影响力。


## 爱情像雨后的蘑菇

星期二下午，选修课突然取消，我早早地回到宿舍。

有人敲门，开门一看，是一个陌生的男孩子，脸圆圆地，虽然没什么棱角，但有英气，个子和杨柳差不多高，说一口软绵绵的苏北普通话。

我在思量，这个大学真值得来读，靓女帅哥一大堆，我简直好像来到一个好莱坞梦工厂的拍摄现场，身边一个帅哥中场休息，另一个帅哥又粉墨登场。

他见我在打量他，就自我介绍说，我叫武勇，新闻系的，和严丽丽是老乡，在同一个诗歌小组，我来和她谈我的一组诗，她在吗？

我说，她去了图书馆期刊室，好像去找最新一期的《星星诗刊》。

他连忙说，谢谢你，谢谢你，我去图书馆找她。

晚上，严丽丽回来后，又找我去小松林聊天。

她问，你今天有看见杨柳吗？

我说，没有。

她叹了一口气。她最近老是叹气，我有些同情她。

我说，下午一个叫武勇的人来宿舍找过你，我看他对你挺有意思的呢。

她说，真气人，你喜欢的人就是不来你身边，不喜欢的，老来缠你。那个武勇，我一到诗歌组他就常来找我谈论诗歌，一直想知道我住哪个宿舍，他神通广大，居然还找到了图书馆。

我说，天呐，我还以为你会感谢我呢，你在图书馆看书，是我告诉他的。

她说，哦，我还以为他有顺风耳千里眼呢。

我说，你怎么不对他好一些呢，他也挺帅的呀。

她有些生气地说，你真是一个乡巴佬，男人帅有什么用，他是我们苏北的老乡，你知道吗，苏北那么贫穷落后，我好不容易考上大学出来了，摆脱了那一片贫瘠的土地，和他谈恋爱，就意味着我又要和那个地方联系在一起。

我有些诧异，说，咦？你的初恋情人不就是你的老乡吗，他还不是在苏北的一个小县城里？

她说，你这个四川人，真傻！初恋往往是不成功的，它只是日后回忆的佐料罢了，越是凄美，就越显浪漫。你这么多天没被上海欧阳和扬州小芳她们感染吗？你就没有学到她们身上一丁点儿精明吗？婚姻是现实的，是赌博，是交易，你看杨柳，他就是一个优秀的选手，万一和他成功了，我就有可能去广州工作和生活，还可能出国呢。

我被她教训得哑口无言。

她补充说，我发现，我是真的喜欢杨柳，很想见到他，想天天和他呆在一起，看见他，我一整天都是高兴的。

我说，这才是你真正的初恋，是吗？

她说，是，是恋爱的感觉，我不管它的后果，只在乎现在。

来上大学前，听别人说，大学生活的主要内容是恋爱，主要目标是找到一份好工作。我的爱情在哪里？说实在的，自从看见杨柳的那天开始，我觉得他至少对我有好感，但这些天来，我觉得那份好感，就是我们交往的巅峰，我知道他目前也在寻找一个女朋友，他很优秀，有很多的选择，我觉得，我是没有希望的，严丽丽的希望更不大，和他相匹配的只有扬州小芳和上海欧阳，凭一个女性的直觉，我觉得杨柳对上海欧阳最有意思。

我非常清楚，我需要一份恋爱，需要去爱，也需要一个人来爱我。但，我明白，我最初的一份情感已经被扼杀在摇篮之中。

某天晚饭时间，我又一次在宿舍看见了武勇。他买了两份盒饭，放在严丽丽的桌面上，坐在她的床边，拿着一份当天的《扬子晚报》，看见我来了，他冲着我腼腆地笑了笑。

我也笑着对他说，你来找严丽丽？

他脸一红，对我点了点头。

我给他倒了一杯热开水，对他说，喝杯热水，慢慢等吧。

他感激地看了我一眼，不停地说，谢谢，谢谢！

不久，严丽丽从外面回来，看见买了两份饭坐在她床边等她的武勇，就气呼呼地，一点面子也不给他留，对他大声说，我都说你多少次了，以后你不要来我们宿舍。

武勇看了看我，有些不好意思地说，我怕你没吃饭。

严丽丽说，你以为没有你送饭来，我就会饿死！我现在警告你，你要是再跑到我们宿舍来，我就不理你了。

武勇说，好吧，从明天开始，我不来宿舍找你就是了，现在，饭都买来了，你吃吧，一会儿凉了，你要是不高兴，我现在就走。

我在一旁听得真感动。

当时房间里还有通红在，她说，真是一个身在福中不知福的女人。

## 谁是谁的敌人

杨柳有两个星期没有来我们宿舍玩了，好多人都在盼他。

这个周末，他又拿着吉他来唱了一气，他说这些天没有来找我们玩，是因为他在作新歌。

我暗自观察，杨柳的确是一优良品种，才华横溢，人帅，面对这么多女人，有自己的分寸。

他来我们宿舍才一次，就知道自己有多么受欢迎。当然他也明白严丽丽才是真的在盼望他，他要利用严丽丽来接近他自己的目标，就像严丽丽想用他来忘记另一个人一样。

他进了我们宿舍向大家问好后，有些脉脉含情地看着严丽丽说，谢谢你的书，我也给你买了一本《布莱克诗集》。

看着杨柳送书给严丽丽，大家都很惊讶，但又表现出矜持的样子，其实大家都在猜测严丽丽和杨柳之间到底发展得怎样。

只有我清楚，严丽丽实际上和她们一样才第二次见到杨柳，她这个晚上显得格外兴奋，她的喜悦溢于言表。她把杨柳送的书一直拿在手边，直到杨柳唱完了歌，离开我们宿舍的时候，她还拿着。

杨柳走了，大家突然变得很安静，什么也没议论，很快都上床休息了。

我想，为什么人们要鼓励"成人之美"，因为这很难做到，看见身边的人幸福，总有些许的嫉妒。大家在嫉妒严丽丽赢得了幸福，都用沉默来冷落她。

其实，她们嫉妒的那种幸福，严丽丽是可望而不可即的。

我一如既往地在中午去练琴，偶尔遇到杨柳背着吉他来练琴，看他拒人千里的样子，我就死了那份心，安分守己地和他交个普通朋友吧。做朋友也好，可以和和睦睦地相处一辈子，要是成了恋人，有了爱，对对方要求太多，总有生恨的一天。这样想，我就舒心了。

我知道，他和严丽丽还保持着相当的距离，他还没有陪她去学校大礼堂看过一场电影，严丽丽还生活在期待之中，这份虚妄的期待，真的让她忘却了她的初恋给她带来的痛苦。这样的话，杨柳也算是做了一件好事。

通红还是坚持在周末时离开学校，大家不知道她去了哪里，是否和她的梦中情人联系上了，我们一概不知。

上海欧阳还常约会，称有来自北京和上海的、甚至来自国外的朋友来看她，她偶尔带一些残羹剩菜回来，我们也不嫌弃，吃得一干二净。她常把一些社会名流的名字挂在嘴边，但大家只当笑话听，从不往心里去。

李若凤偶尔陪我去练琴，还常帮我打开水，我很感激她。

扬州小芳周末总是司机来接她回家，根本就放弃了与我们竞争，无论是找工作，还是恋爱，我们明白，她不会和我们竞争，她的路，早就有了安排。

直到一场著名作家的报告会在学校举行，我们的生活才进入另一个高潮。

第一学期就要结束了，学校团委和文学社出面，把梧桐城最著名的几个作家和文学评论家都请来给我们作报告。

那天，通红显得异常兴奋，她悄悄告诉我，下午作报告的作家中，有一个最牛逼的，就是她的梦中情人。

我想，这场报告再烂，也得冲着通红暗恋的对象去开开眼界。

通红拿着一些书，上午就去霸位了，临走的时候还对我说，小小，你们的座位我帮你们霸，你转告她们一声。

从通红像服了兴奋剂一反常态中预感，她的梦中情人，那个神秘的男作家终于要登台了。

通红化了浓妆，口红把她的嘴显得很大，眼睛周围涂了眼影，真像一只来自北京的熊猫。我平常都没有觉得她有这么难看，化妆后，丑的地方全出来了。除了身高优势，她一无是处。但谁都不愿告诉她。

26

通红没回来吃午饭，恋爱中的女人什么都可以放弃，一餐饭又算得了什么。

上海欧阳又有约会了，她精心打扮了一番，临出门神秘地说，下午要作报告的作家评论家们都到梧桐城大学了，她现在就去和他们共进午餐。

我们听了，以为她在吹牛，反正她常把一些名流挂在嘴边，都习以为常了，所以，现在谁也不在乎她到底和谁共进午餐，她就是说现在要和李鹏总理共进午餐我们也认了。

下午2点半，我们宿舍的人一起赶到阶梯教室时，那里已人头涌涌了。我们费了很大劲才找到通红。她霸的位在第五排，一个靠窗的地方，她说，她来的时候，中间的座位都被人占领了，只剩靠窗的位。

现在就连过道上都站满了人，教室两旁的窗外，都围满了人，有人站在椅子上。

扬州小芳讨好通红说，今天我们可要好好看看这个著名的男作家！看他到底有什么魅力把我们北京姑娘吸引到梧桐城来！

　　3点钟到了，窗外的人群开始骚动起来，我们知道，著名的作家评论家来了，通红的梦中情人要登场了。我们也站起来，伸长脖子朝门口望去。

　　的确，进来的都是大名鼎鼎的、我们经常在电视和杂志报纸上看到的人物，我们想通过通红的表情来猜测谁是她的梦中情人。

　　每进来一个人，人群中就爆发出热烈的掌声，第三个进来的是当下最红的作家甘流，他的大部分小说都改编成了电影，在国内外享有盛名。通红尖叫了一声，我们就知道了她全部的秘密。

　　大家尖叫，哇！通红，原来是他呀，那么出色的男人，为他死，都值！

　　就在这时，我们的同班同学，睡在通红上铺的妹妹——上海欧阳紧跟着著名作家甘流进来了，她身后，还有复旦大学中文系的著名教授，她一边走着，还一边侧身，回头，风光地优雅地和他们轻声交谈。

　　天呐，我们惊呆了！

　　我忍不住脱口而出，原来，她说和他们共进午餐是真的！

　　通红的脸一下变了颜色。

　　那场报告会真漫长，那些学生们，还在没完没了地递字条提问，一些非常幼稚的写作问题，正如李若凤所说，那些问题，买一本作家出版社出版的《小说的艺术》就全部解决了，真是浪费时间。

　　三个小时的报告会终于结束了，通红的梦中情人甘流从头到尾都没有朝我们这个角落里张望过。真尴尬，通红怎么度过的，我们就可想而知了。

回到宿舍，通红立即去了澡堂，我们真担心她要去自杀。

看着忧伤的通红离去的背影，扬州小芳说，看来，上海人真要防着点。

严丽丽说，和那些作家在一起，也并不代表上海欧阳和他们就有非正常男女关系，像杨柳送我一本诗集，我也送他一本，但我们也仅仅是熟人关系。

这是严丽丽第一次公开表白她情感生活的现状。


## 火红的玫瑰花，火红的爱情


**28**

2月14日，是西方的情人节。

正遇上考试，不过并不难。有些学科干脆是写论文，只要去图书馆待上一两天，论文就有了把握，像李若凤所说，只要有时间和耐心待在大学里，几年下来，你至少是一个博士。

情人节一大早，我们正在手忙脚乱地准备去逸夫楼考中国古代文学史，杨柳已经来到我们的窗外，从窗口递进来一瓶酸奶，两个茶叶蛋。

扬州小芳把早点递给上海欧阳，羡慕地说，哎呀，有这么痴情的男人围着我，我在梦里都会笑醒的。

通红从鼻子里"哼"了一声说，当心马屁拍到了脚后跟上。

她一半是瞧不起上海欧阳一半是在骂扬州小芳。大家都知道通红还在对上海欧阳耿耿于怀。这一场看不见的战争，不知道什么时候爆发。

下午的考试也非常无聊。我们宿舍的，一个个早早地相继交卷了。

回到宿舍，没人在，我想她们可能去了澡堂，仿佛都有约会。

我猜得真没错，半小时后，她们陆续从澡堂回来了。上海欧阳理所应当地和杨柳去大华电影院看电影；通红打扮了一番，也出去了，至于去哪里，我们无法猜测，那个男作家仿佛已从她心里离开了。李若凤去干什么了，我不知道，因为我一直没有看见她。严丽丽看见上海欧阳和杨柳一起走了，就觉得她所有的希望都成了泡影，离开宿舍时，她对我说，我去诗歌小组，你去吗？

我说，我只想睡觉。

其实，这个夜晚，我可以去钢琴房消磨时光，但，我没有那个热情，虽然我才20岁，但我仿佛在瞬间失去了朝气，莫名中，我有些沮丧，有些失落，有些哀伤，我突然感觉到了孤独，希望有人陪伴我度过这个情人节的夜晚。

我认为，过节，就是一种心理暗示，普通的一天，你在心里赋予它一个意义，它就是一个节日，为了这个节日，你去奔忙，忙起来，你没有时间去乱想，就不孤独了。人类为何有这么多节日，因为人们都很寂寞，他们需要节日，把同类的人聚集在一起，赶走孤独。

现在，我的同屋们都找了适合她们的理由，离开了这个阴冷的房间，欢度她们的节日。只有我，还待在这里，待在这个阴冷的、空寂的房间里。

我坐在床上看书，但我读不进去。窗外渐渐黑了，我躺下来，没有开灯，有些灯光照进来。

我想，人活在世上，是为了战胜孤独，但我们命中注定就是要孤独的。

笃笃笃，好像有人在敲门。

笃笃笃，真的有人在敲门。

我下床，开灯，梳了一下头发，也许眼角还有一滴因为孤独而流下的泪。

我收拾了一下心情，提高嗓门问："谁呀？"

没有人回答。

我打开门一看，一把火红的玫瑰花在一个男人的怀里盛开，他的脸埋在花堆里，就像一只插满玫瑰的男花瓶。我定眼一看，他是武勇。

见他抱着玫瑰花，我心里有些酸楚，转过脸，一边给他倒开水，一边对他说，严丽丽去诗歌社了。

他说，苏小小，我可以把这花送给你吗？

我简直不敢相信自己的耳朵，以为我没有听清楚，再问他，你说什么？

他又大声说了一遍，苏小小，我可以把这花送给你吗，你愿意收下这些花吗？

这回，我听清楚了，但我还是不敢相信我的耳朵。

沉默了几秒钟，我很冷静地问，你不等严丽丽了吗？

他说，这花，是我跑到梧桐城附近的一个农村买来的，因为梧桐城市花店里的花太贵了，我买不起，在回来的路上，我在心里承诺，我要把这些玫瑰花送到 1 舍 108 室，送给我遇到的第一个女生，现在，它是属于你的。

我说，但我不能收下你的玫瑰花，因为，它不属于我。

他说，为什么？

我说，万一，你第一个遇到的女生不是我，而是严丽丽呢？

他说，我敢肯定，我第一个遇到的就是你。因为我每次来

108，第一个遇到的都是你。在我买这花的时候，我就预感它是属于你的。

这简直是赌博，我坚决地说，我不能收你的花。

他似乎有些绝望了，说，苏小小，我请求你相信我这一次，相信我是诚心把花送给你的，我希望你从今天晚上开始了解我。

我对这梦一样的现实感到了迟疑。

他说，小小，我可以求你一次吗？你就糊涂地答应我，陪我在校园里走一走，行吗？

我的心终于软下来。

路过小松林的时候，我看见一些男生和女生坐在一起，弹着吉他，唱着他们自己作的歌曲。我觉得他们很幸福。

我们就在这里坐一会，好吗？他突然在黑暗中说话了。

原来，我们已经到了小礼堂前的一棵大树下，那里是一片草地。他脱下外套，垫在地上，他让我坐在他的外套上，他自己则搬来一块石头，坐在我的对面。我们就面对面地坐着。

他说，你可能是误会我了。

我吃了一惊，我误会你什么了？

他说，你一定以为我在追求严丽丽。

我沉默。

他说，不错，开初的时候，我是有些喜欢她，但后来，她太不近人情，太自以为是，没有同情心。你知道吗？每次去找她，遇到的都是你，我在想这大概就是天意。每次当你转身去给我倒一杯滚热的开水，陪我说一些话时，我就有一种想流泪的冲动，后来，我想每天见到的女孩子就是你。

这是我第一次被甜言蜜语包围，像一罐蜜糖碎在我的眼前，远远地就闻到了芳香。

我有些慌了手脚，语无伦次地说，倒一杯开水，是举手之劳，你不要放在心上，但是……

我想起严丽丽，心里就有些痛。因为，她是我的好朋友，才刚结束初恋，尽管她说那仅仅是为了回忆，她暗恋杨柳，杨柳又没选择她，她已经够倒霉的了，要是明天，武勇跑到我们宿舍，公开给我献殷勤，那可能会给她更大的打击，就算她真的不喜欢武勇，她也不愿意接受这样的局面。

晚上回到宿舍，大家都已睡下了，我看了一眼那些火红的玫瑰花，在我的漱口盅里怒放，心里就咚咚直跳，想，从此，我也有了一个小秘密，心里开始有一个人了，一个英俊的诗人。


## 通宵电影

**32**

考试结束了，我们已经无所事事。

李若凤仿佛一个人过得很有滋味。

一天傍晚，她和我在第二食堂吃完晚饭，坐在一个角落里聊天，她问，情人节那天晚上，你为什么那么晚才回宿舍？

一提起情人节的夜晚，我很兴奋，毫不掩饰地说，你观察得很仔细嘛，告诉你，我在和一个人在聊天。

她又问，在哪里聊？

我说，在学校小礼堂门前的草坪上。

她似乎有些穷追不舍，和你聊天的人，是个男的还是一个女的。

我心里突然有些不高兴，她仿佛在窥探我，没回答她。

她似乎也意识到自己的失态，像在自言自语，又仿佛在向我坦白，说，情人节那天晚上我去看了一场电影，来纪念我爱过的一些人。

我淡淡地说，哦，是吗。

我在心里纳闷，像李若凤这样偏执、这样粗犷的人，会有爱情吗？她会对她的恋人柔情蜜意吗？但我不会问她的，因为我要是问了她的爱情，我必须得用我的爱情去交换。

傍晚的聊天，在不是很愉快的气氛中结束了。

严丽丽失去了初恋，现在又失去了杨柳，可能是因为孤独，她经常来找我和李若凤，因为她以为只有李若凤和我没有男朋友，可以陪她玩。

一看见严丽丽，我的心一下子充满了内疚，很想找一个机会向她坦白。

放假的前一天晚上，严丽丽来约我和李若凤去看通宵电影，因为她父亲刚刚来过梧桐城，给了她一笔回家的路费，其中还包括让她买几件春节穿的新衣服的钱。所以，在我们眼里她现在很富有。如果她真的愿意请我们，我们也不会拒绝。而且，我想找一个机会问她，她是否对她的老乡武勇还有好感。我很想知道她目前在没有任何新的希望的情况下，她会不会委曲求全，把武勇当一个精神寄托？

我心里很矛盾，万一，严丽丽在她这种空虚的情况下对武勇有了意思，我该怎么办？

我心里有了矛盾，有了痛苦，就已经表明，我对那个英俊的诗人已经有了感情。所以，我更想知道严丽丽心里的真实想法。

她请我们看了一场通宵电影，鉴于她现在比我们富有，我和李若凤也毫不犹豫地答应了。我们买了三袋瓜子，坐在电影院靠前的位置。与其说是在看电影，还不如说，我们找了一个地方聊天。

在黑暗中，我小声地对严丽丽说，现在你已经看清楚了，杨柳已经和上海欧阳公开了，不要再向我打听杨柳的情况了。

严丽丽说，是呀，早就看出来了，他们只差没去校园广播站广播了。

我说，你怎么办？

她说，幸亏我还没有对他投入感情。

我有些吞吞吐吐地问她，你的那个老乡对你还好吗？

她说，武勇吧，我好长时间都没看见他了，我们诗歌小组的活动他都没有来参加了，这个人仿佛失踪了。

我又问了一遍，他对你还好吗？

她说，我觉得他从来都没有对我好过呀。

我说，他不是用行动告诉你了吗？

她说，什么行动，就是给我买饭，天天往 108 跑？

我说，是呀，他如果不喜欢你，他就不会来关心你。

她说，可他并没有向我表白呀，如果一个人对我好，我希望他要对我说出口，况且，武勇是一个诗人，他知道该用什么样的方式来表达他的感情。

我有些紧张了，说，如果他抱着一把玫瑰花来送你，你愿意接受吗？

她说，这不代表什么，我很清楚，我不会再回到苏北那个贫穷的地方，毕业了，就是没地方去，我至少要赖在梧桐城，这就是我不会和他恋爱的原因。

我说，他毕业以后，也可以不回苏北农村呀，你们可以在梧桐城或者上海，或者更远的地方，更大的城市，共同创业，建立家园。

她说，无论怎么样，他总是苏北的人，我烦那个地方。

我说，你的意思是，无论武勇现在对你怎么样，你都不会和他有结果？

她说，除非他自己愿意受伤害，他为什么就出生在苏北，而不出生在上海或者北京和广州呢，他的爸爸为什么是一个农民，而不是一个教授呢。

我知道了严丽丽的真实想法，我一边在为自己高兴，一边在为武勇难受，他开初为什么就喜欢了这样一个势利的女孩子。

尽管我和严丽丽是非常小声地交谈，但李若凤仿佛听见了我们所有的谈话，坐在我左手边的她，看了我一眼，像一只在黑暗中工作的猫，她敏感的心似乎感受到了什么。

我想，李若凤平常看上去对每一个人都卑躬屈膝，但骨子里，她是一个光明磊落的人。我对她有了一些好感。我想在一个适当时候把我会把我的"地下情"坦白地告诉她，让她分享。

## 初恋，从地下情开始

通宵电影后，我明显地和严丽丽拉开了距离，她也仿佛感受到了这种心理上的距离，但她似乎找不到我远离她的真实原因。

我决定3天后回家。买火车票之前，我去中文系取信，刚好遇到李若凤，她交给我一封用本校的信封封好的信，上面写着"中文系 苏小小收"，没有落款，也不知道是哪个系哪个信箱寄来的。但我心里一下就想到了是谁。

是的，它是武勇写来的，我大学时代中收到的第一封情书，那是一首我似曾相识的诗歌，只是作了稍稍修改，尽管这样，我还是很喜欢——

假如
假如我的来临
是为了与你相识
那么你应该是
早春的一只云雀
啾啁思绪的嫩绿

假如我的来临
是为了与你成为知己
那么你应该是
细语潺潺的小溪
滋润我枯竭已久的希冀

假如我的来临
是为了把你铭记于心
那么你应该是
一把太阳伞
为我遮挡前方许许多多的风雨

假如我的来临
是为了与你离别
那么你应该是一朵馨香的月季
芬芳我别后日日绽放的记忆

他还写了一行字：

我知道你准备回家了，请带上我的祝福和问候，请你相信，我是在意你的，我耐心地等你回来。如果你愿意和我见面，今晚9点，我在老地方等你。

当晚上9点来临的时候，我忐忑不安地在宿舍里来回走动，我拿不定主意去不去见他。

到了9点半，我认为武勇等不及，可能已经走了。我忍不住想去看看他是否还在，就慢慢地朝我和他第一次见面的小礼堂前的草地走去。

学校已经放假了，学生大多陆续回家了，校园变得很冷清。小礼堂门前那块草地，一个人影也没有。我想，武勇真的已经离开了，或者他可能压根儿没有来过。我有些失落，垂头丧气地正准备离开。

这时，树后窜出一个人影，从背后一把抱着我，我吓得连声尖叫。

他说，小声点，是我。

我一下软在他的怀里。像所有初恋的人一样，我们在青青校园献出了我们的初吻，像蜻蜓点水一样。

我知道，我的初恋就从这个寒假开始，从那首情诗开始，从这个初吻开始，从校园小礼堂边的草地上开始，从那一把火红的玫瑰花开始。

我们手牵着手，聊到很晚。尽管那已是寒冷的冬天，我的手心，因为第一次被一个男子握着而渗满了汗。

当然，我心里还在质疑武勇来找我的动机，我还在纠缠一个问题，你的玫瑰花真的是送给我的吗？

他说，我肯定地告诉你，那玫瑰花是属于你的，就连我也是属于你的，我觉得我的出生就是为了来上梧桐城大学，来上梧桐城大学，就是为了和你相识。

我当然知道，这都是甜言蜜语，但，它听起来多么美好，多么动听，它就像精心包装过的糖衣炮弹，让你无法拒绝。

我问他，你还在喜欢严丽丽吗？

他说，开初在诗歌小组认识她的时候，我知道她是我唯一的老乡，也是一个写诗的人，所以，我想和她交个朋友，但是她可能误会了我的意思，总以为我要对她做些什么。

我说，我觉得不是误会，看见你天天那么关心她，我都嫉妒，我们宿舍的人都认为你在追求她。

他说，现在我告诉你，不管别人怎么认为，我希望你能理解我，我相信时间会证明一切的。

尽管武勇很明显地表白了他对我的一片真心，但一想起严丽丽，在我心里仍然有一种妒忌的火焰在燃烧，我讨厌她，恨这个曾经占有武勇的心的女人。我要抓住眼前这个英俊的男子，把严丽丽从他心里彻底地赶走，也许我已经忘了，她曾经还是我的一个好朋友。

妒忌的烈火烧得我浑身不自在，我无法控制我想说话的欲望，我要让武勇对严丽丽永远死心。

我对武勇说，我知道严丽丽为什么不喜欢你，你想知道吗？

在黑暗中，武勇顿了一下，说，是她亲口告诉你的吗？

我说，是的，她对我说，她好不容易才从苏北农村出来，不愿意再回到那个贫穷的地方，她说你为什么出生在苏北，而不是出生上海北京或者广州，你的父亲为什么是一个农民，而不是一个教授；再说，她心里有两个男人，一个是她们家乡县城新华书店的售货员，那个售货员在国庆节已经结婚，她已经死心了；还有一个就是杨柳，现在杨柳和上海欧阳好上了，她正在伤心呢，很孤独，正需要人去关心她，你现在去找她，说不定，她会回心转意呢……

他一把抱着我，捂着我的嘴，说，你不要再说了，她的事情我已经不关心了，现在，我关心的是你，快告诉我你什么时候回家，我去火车站送你。

回到宿舍的时候，看见楼梯口有一个人在吸烟，我放慢脚步，想绕开这个人。然而，在黑暗中，这个人开口说话了，一个很粗糙的声音：老实交代，去干什么了？

这声音像一支冷箭，刺中了我，吓了我一大跳。

我镇静下来，仔细辨别，原来是李若凤。

她在那里拦着我，说，我知道，你开始恋爱了，对不对？

我说，我哪里能瞒得过你呢。

就在那个晚上，我的秘密被另一个人发现。

我和李若凤也因此成了心照不宣的好朋友。

## 课堂文学

春天来了，我们的第二学期开始了，我的爱情在地下生长。

教室里还那么冷，像在冰天雪地一样。我在想着武勇，他现在在干什么，我们的下一次约会在哪里？上一次他给我说了些什么话，他又给我写了什么诗，我能不能记起一些句子来。

我根本没有心思听老师在讲什么。这时，坐在我旁边的李若凤，传给我一张纸条，上面画了一只年轻的梅花鹿，还有一行字：

老头子把卢梭说成是卢嫂或者卢骚。

我笑了。想，她是一个幽默的人。

思绪又飞走了，我想到武勇给我讲过一个故事，是他读中学的时候，一个非常节俭的老校长给他们上政治课，一天上课的时候，打了一个喷嚏，他的裤带断了（是一根很细的绳子），在衣角下晃来晃去，一名好心的女孩子对他说"校长，你的钥匙带掉下来了"，没想到老校长没有感激她，反而把她给批评了一顿，说她不实事求是，裤带就是裤带嘛，不能说是钥匙带。

李若凤又传来一张条子：

老头子说，这学期结束的时候考试分两种类型：一种是经常上课的人，以写论文的形式；另一种，是不常来上课的，就当场考试。

我赶紧回了一张字条问她："我是属于哪一类？"

李若凤很快就回了字条："不三不四的。"

李若凤又传来一张字条："最近上海欧阳和杨柳很默契。"

我回了一张："他们共同患病了，一场恋爱病。"

李若凤回条："交际花上海欧阳的确病了，她是一个恋爱中的病人，她需要有人给她把脉，开一张病历，吃点药，才能清醒。"

我回条："最好的大夫就是你，你给她开一个处方吧。"

几分钟后，李若凤给上海欧阳开的病历就传到了我的手上：

### 上海小姐的病历

上海小姐　1974 年生人　女　上海人　职业　交际花

症状：胡言乱语，自视清高，目中无人。见落叶却不伤心，反而窃笑。听萨克斯时脸转向蚊帐一侧，回眸一笑。谈《美国往事》，面呈梦幻状，若有似无，终于引发"情人——流氓"情结，再谈"情人""黑社会"，"刀刀见血"。手里拿着一只"杨柳"，口中咀嚼"面条"，"长得很漂亮"，与一女生再谈"住了三天""没哭""想写小说"。

主治大夫的忠告：此小女子有"吃着碗里的看着锅里的"之癖好，不宜在有梧桐树的路上行走，不宜听音乐，建议没收唱片机，拔掉牙齿，有轻度"好色状"，不宜与"漂亮男生"单独相处，建议下放四川农村推小推车，放猪，写诗。

中药处方：苹果皮，橘皮，花生皮，狗皮，猪耳朵煮一下，喝清汤，放香油，略倒陈醋一杯，辣椒干一两。

原来，李若凤把这几日上海欧阳做过的所有的事情都做了记录。

从这个学期开始，我们宿舍的人流行听萨克斯，一遍又一遍，从来不厌烦，还经常约着去一个小型的录像室看一些外国进口的"资料片"，看了大约100多部片子，大家最喜欢的是《美国往事》。上海欧阳在口中经常念叨着"面条"。"面条"是一个美国瘪三的绰号，少年、青年、老年不同时期的"面条"都充满着魅力。

## 一个新境界　一本油印的诗册

严丽丽这学期很低调。她似乎感觉到我和她有了距离，不再来找我谈她的情感问题。

她不回宿舍睡觉已有一个星期了，更过分的是她开始逃课。她去了哪里，去干什么，谁都不知道。

一天中午，宿舍的人都在匆匆忙忙地在准备赶去上古代汉语课，我们都知道那个老师特别的严厉，最喜欢点名，不允许迟到，更受不了有谁逃课，要命的是，期末的时候，还要笔试。

突然间，严丽丽披头散发地跑进来，我还以为她要和我们一起赶去上课，没想到她说，她只是回来拿一些衣服，还有牙刷、润肤露等日用品。

她神秘地抛给我们一句话，我要隐居一段时间，我现在正在从事一项崇高的事业。

有几个人笑了。笑声里带着揶揄。

她显得有些不高兴，从鼻子里哼了一声，显出不屑的神情说，你们这些没有理想的人，非常的幼稚，那些书本上的东西还需要一个人来教我们，我们又不是3岁的孩子，简直是浪费时间，我现在要创办一本叫《我们》的诗歌杂志，给那些有追求的人一个精神的家园。

我们又笑。

扬州小芳说，天呐，我们这个宿舍汇聚了全世界的奇人啊！这里有人天生就是贵人，高人一等；有人天生就是神仙，看不惯男人和女人相爱；还有人把爱情当成生命，不顾一切地追求；

现在又出现一个更崇高的人，要给大家一个精神家园。这里的姐妹都胸怀大志呀，是一群不凡的女子。

谁都不愿意和扬州小芳讨论我们宿舍的奇人，纷纷夺门而去，因为马上就要迟到了。

一个月后，严丽丽真的带回几本油印的小册子，全称叫"《我们》诗歌季刊创刊号"，上面出现了给我们上西方美学的老师北大才子"靳鑫教授"的名字，他是"顾问"，那是一本仅有20页的小册子，有几篇文章"关于我们这个名字""关于诗歌同仁""关于栏目"，还有一篇没有署名的《我们的宣言》。

《宣言》上有些话倒真是说出了我们的心声，真是畅快淋漓：

> 对于我们来说，我们年轻得还没有来得及去受更多的压迫，我们就已经觉醒，我们已经与知识和文化划清了界限，我们决定生而知之，我们知道了，我们说出口。我们用身体与它们对决，我们甚至根本就想不起它们来了，我们已经胜利了。我们在我们的身体之中，它们在我们之外。让那些企图学而知之的家伙离我们远点，我们知道它们将越学越傻。
>
> 哪里还有什么大师，哪里还有什么经典？这两个词都土成什么样子了。不光是我们自己不要幻想成什么狗屁大师，不要幻想我们的作品成为什么经典，甚至我们根本就别去搭理那些已经变成僵尸的所谓大师、经典。

看着严丽丽花了一个月时间，弄出的这本带着油墨清香的小册子，它里面的一些文字、一些观点真是我们想一吐为快的东西。我们不知道那宣言是出自谁之手，但是，我们在心里对他产生了崇高的敬意。

　　我一直珍藏着那本《我们》创刊号，因为有武勇写的情诗，我很喜欢，可能是在恋爱，喜欢一个人，无论他的什么东西都会喜欢，中国有一个成语叫"爱屋及乌"，也许就是我当时收藏武勇诗歌那种心态的写照——只要是他写的，无论是什么，我都喜欢。我现在还记得他写的那些诗：

**44**

### 温柔的冬天

这是一个温柔的冬天
田野覆盖着厚厚的白雪
落叶飘过萧条的街道
路过的人们保持着沉默

这是一个温柔的冬天
他和她仍然相爱
手挽手走过厚厚的草垛
在寒风中谈论着爱情

这是一个温柔的冬天
他独自一个人在边陲小镇
蜷缩在冷冷的床上
他想给她写封信

这是一个温柔的冬天
时光在轻易地流逝
他想找回过去的日子
却只找到发黄的照片

也许，这一首《在床上，想你》，就是武勇当时处于青春苦闷时期的代表作之一，虽然很直白，但我喜欢它所传达的真实的场景。

**在床上，想你**
无声地笑着
无声地唱着
无声地睡着了

甜蜜地想着
甜蜜地望着
甜蜜地哭泣着

我突然间感到
自己的灵魂
飞出了躯体

我突然明白了
什么是爱情
什么是我自己

我看着那星星
看着那月亮
看着那大地

我忘记了过去
忘记了将来
忘记了世界

这本小册子像一枚重磅炸弹一样，在我们整个班里，整个年级，甚至全校产生了轰动的效果。我们听了好多叫好的声音。

据那些男生说，他们经常在宿舍里大声朗读《我们》宣言，每一次阅读，就像拉完大便一样畅快淋漓！

严丽丽像受到鼓励一样，兴奋地宣布，她将把《我们》办成中国最有影响的诗歌杂志，"给那些有追求的年轻人一个精神家园"，她承诺，在学校里，两个月出一期。但是因为经济的原因，《我们》只出了三期。

后来，大家还在调侃，精神家园还是离不开金钱的肥料。

## 大打出手

46

我把李若凤在课堂上开给上海欧阳的"病历"压在一本书里，带回了宿舍。没想到，它成了通红和上海欧阳大打出手的导火线，整个宿舍闹翻了天。

那是一个周末的晚上，我和武勇看了一场电影后，偷偷摸摸回到宿舍，已经快12点了。我觉得宿舍气氛很怪，所有的人都在，但都不出声。

只有通红一脸的兴奋，她见我回来了，走过来，拿起我桌上的书，把李若凤写的字条拿在手上，笑得直不起腰来。

接着，她当着大家的面，把那个字条大声朗读了一遍，那是"上海小姐的病历"。

通红在朗读的时候还把尾音拖得长长的。

上海欧阳简直忍无可忍，从上铺坐了起来，她大声地制止通红，你闭嘴！我从来没有见过你这样没有教养的女人！

通红也不甘示弱，你是一个很有教养的交际花，我知道你放屁打呼噜都是英国式的!

上海欧阳显然没有词了,她翻身下床,对着通红大声地吼道,你闭嘴,你闭嘴!我不想和你说,你太没档次!

通红冲到上海欧阳面前也大声吼,要比嗓门大吗,我从前是学美声的!

上海欧阳还没有放下架子说,要和我比,你不配!

通红看着上海欧阳一副不可一世的样子,气得朝她胸前就抓了过去,上海欧阳没有通红那么高,她一下子被提了起来,脖子因卡得紧气出不来,脸涨得有些发紫。

眼看着大事不妙,李若凤立即跑过去,对通红说:"条是我写的,你来找我!"说着,对着她的脸就是一拳,打得通红眼冒金花,一松手把上海欧阳放在地上,和李若凤纠在一起。

李若凤从来没有和通红站在一起过,今天,她们却像摔跤运动员一样对峙着。一个身高 170 厘米,一个身高 171 厘米,几乎看不出她们的差别来。

这才是对手之间的较量。

她们你一拳,我一掌,打了差不多十几个来回。宿舍里的暖水瓶、镜子,能碎的东西都碎了。

直到严丽丽叫来楼道的阿姨,阿姨又叫来了学校的保安,打斗才平息。

这件事情的后果是,参与打架的上海欧阳、通红、李若凤各自写了一份检讨。宿舍里的温度几乎降到了零度。晚上大家再也不聊天,每个人都不喜欢在宿舍里待着,这里仿佛只是一个歇脚的旅馆。

因为那晚我不在,我还是不明白之前到底发生了什么。

据消息灵通人士扬州小芳私下告诉我,这学期开始,通红又去找过几次作家甘流,但是每次都遇到上海欧阳在那里和他们聚会，上海欧阳是一个天生的交际花，在那些男人中间出尽风头，而通红每次去参加那些作家的聚会，心里都带着期望，作家甘流只是把她当成普通的朋友，她觉得异常尴尬，对在那些作家中间处得如鱼得水的上海欧阳怀恨在心，但又找不到机会报复她。

那天晚上，严丽丽回宿舍来了，她因为要策划新一期的《我们》，显得异常的兴奋，在房子里跑进跑出，不知道她怎么把你桌上的书弄掉在地上了，散了一地，她帮你把书一本本捡起来，一边捡，一边掸灰，没想到一张纸条掉下来。她拿起来一看，是一张"病历"，看着看着，就笑起来，还说，原来这是一张很有水平的"病历"，她要把这张"病历"登在新一期的《我们》的头条上。

通红看见严丽丽笑得有些怪异，就去抢过来看。这一看，通红就乐了，她把"病历"大声读了一遍。已经上床躺下来的上海欧阳显然明白这是在讥讽她，但她不想和通红计较，就翻身下床，去上厕所。

李若凤有些内疚，也不吭声。

本来，这一场战争完全可以避免了。没想到，我这时从外面回来，刺激了通红的神经，她又拿出来读了一遍。

现在，女生打架的事情在班里甚至是系里闹得沸沸扬扬的，我们班那些男生本来就惧怕我们这些趾高气扬的女生，没有一个男生敢来追求我们，现在，他们更是望而却步了。

"打架事件"已经过去了好长一段时间，我因为没有收藏好李若凤给上海欧阳开的"病历"，出了她的洋相，李若凤对我也仿佛有了些许的意见。但是，我们仍然是朋友，她中午练琴的时候，她仍然帮我打开水。有时候，她还会来给我送午饭，每在这个时候，她就可以看见背着书包，拿着两个饭盒，在琴房外的石阶上等我的武勇。

每在这个时候，我就感觉到李若凤的不高兴。

我是一个敏感而多疑的人。我还在想通红和上海欧阳打架的那晚，李若凤的表现有些失常，按照她一贯的做事风格，处处都是小心谨慎的，即便是自己做错了什么事情，她总是找法子躲避，她哪有敢出头的勇气，我在想，她对人那种低三下四的样子，从来都不会有这种大打出手的勇气！

她的出手显然是为了保护上海欧阳。她为什么要保护上海欧阳呢，难道，她和上海欧阳有什么交情，还是她也喜欢杨柳，得不到杨柳，就帮助杨柳打通红？

我想，她骨子里有了变化。


## 友情和爱情

也许是严丽丽觉得我疏远了她，渐渐地，她也开始不和我交往了，最恶劣的时候，是走在路上，迎面遇到，她都不理我。

我就明白，她已经通过李若凤知道了我和武勇之间的恋情。

严丽丽不理睬我，我本来就愧疚的心更加不安了，说实在的，思量许久，我觉得友谊比爱情更重要，我还是舍不得失去这个朋友。我真想好好和她聊聊，希望和她言归于好，重拾旧谊。

我把这个愿望告诉了李若凤，希望她转告严丽丽。等了大约两个月，才有了回音。

那天中午，我正在琴房弹一首简单而优美的钢琴曲《蓝铃花》。李若凤来到我的琴房对我说，小小同志，你忏悔吧，你

忏悔吧，你忏悔的机会来了。

我说，是吗，严丽丽她肯原谅我了？

李若凤说，是呀，她现在在"天水雅集"等你呢。

"天水雅集"是一间新开的茶社，就在梧桐城大学的旁边，经常挤满了谈生意的人。我连乐谱都没有收拾，就跑步赶往"天水雅集"。

因为严丽丽已经不住在宿舍了，也不见她来上课，两个月不见，她瘦了很多，清瘦了的严丽丽一下子漂亮了无数倍，简直像脱胎换骨，她披肩的直发又黑又亮，她在额头上扎了一条黄色的丝带，显得青春活泼，现代而时尚。

我坐在她对面，对她说，严丽丽，你好漂亮。

她说，我一直都很漂亮的呀。

一想到她披头散发不拘小节成天眯着眼睛一副睡不醒的邋遢样子，我就愣了一下，她笑了笑说，当然，当然，只是我的漂亮在别处盛开。

我说，是吗，你过得这么快乐和自信，真为你感到高兴……我知道你是在意武勇的，可是我……是他……主动送我……玫瑰花的……

我不知道该怎么对她坦白，而显得语无伦次。

她也许觉得我太难受了，赶紧说，哎呀，这些我都知道了，你不用解释，这不怪你。

听了她的话，我真有些无地自容。

她喝了一口茶，慢慢地说，我的确在意过武勇，但是那种觉醒是在失去他以后才知道的……当我知道你们开始恋爱的消息后，我的心就痛，一个是我的闺中好友，一个本来是我的追求者，一想到你们在一起，我就难以接受……后来我想明白了，爱情这东西，很脆弱，是经不起考验的，你看武勇他才碰了几次壁，他就放弃了，说明在他心里，我还不是他的至爱，否则，他为什么那么容易就放弃呢？

我赶紧忏悔，丽丽，你不要怪他，可能都是我的原因，因为是我告诉他，你不想回苏北农村的，你嫌弃他的父亲是个农民。

她听了哈哈大笑，说，这就更证明他经不起考验。

我说，那你还在意他吗？如果你愿意要回他，我现在就把他还给你。

她又哈哈大笑，说，你以为他是一件物品吗？

她指着自己头上的黄丝带说，你没感觉到我的幸福吗？

我看了一眼她头上的黄丝带，突然想起一部电影，那电影的名字我已经记不得了，但我记得黄丝带，代表幸福。

她说，现在，我心里已经有了一个爱人。当我遇到这个爱人的时候，我才知道，什么是真正的爱情，在那一瞬间，我才明白，我并不爱那个新华书店的售货员，我也不爱杨柳，更没有爱过武勇，我仅仅有些在意他们，尤其是武勇，我对他的那种在意，只是在失去他以后的失落感，那不是爱情。

我终于舒了一口气，你不会再生我的气了吧？

她微笑着说，不会，你是我的好朋友，听李若凤说，你不想失去我这个朋友，我很感动，实际上，我也不愿意失去你这个朋友，有时候，我觉得友谊比爱情更重要。

我还是有些不安地说，我也很在意你和我之间的友谊，如果你真的在意武勇，我会放弃他的。

她说，傻瓜，你可能是天下仅存的一个傻瓜，要是我还在意他，我今天就不会来见你了。

我已经不知道要对她说些什么感激的话，就假惺惺地关心起她来，丽丽，你老是不回来上课，你的功课都会不及格的。

她嫣然一笑，这个你不用操心，我可以让自己过关的。

## 爱情也包括分手

大三生活值得一提的事情是上海欧阳和杨柳的分手。

有一天晚上，上海欧阳在宿舍里突然宣布她已经和杨柳分手了，我们都非常的惊讶。那一对，曾经像连体婴儿般出现在我们的眼前，现在，又如分飞的劳燕，各奔东西。

我在想，要是上海欧阳不和严丽丽去抢杨柳，我相信严丽丽会比她珍惜杨柳的。

他们分手的主要原因是有第三者出现。

大三刚开学不久，梧桐城音乐电台的著名主持人巫大卫来学校和大学生"面对面"交流，那个著名的主持人的声音非常吸引人，他喉管发声处仿佛安装了一块磁铁，从那里发出的声音是奇异的，诱人的，令人充满幻觉的，尤其是那些女生，都被他的声音迷惑，有些人还在开着玩笑，说一些情窦初开的女生，会对着大卫的低沉而磁性的声音意淫。

那天的见面会，我们都去了，那个巫大卫大约 35 岁，虽然长相不是那种精致的帅，但是因为他个子很高，穿着名牌的休闲服装，显得男人味十足。

回到宿舍，上海欧阳对我们说，大卫全身都是世界名牌，就连他脖子上的一条棕褐色的羊绒围巾也要上千元呢。

我们蓦然回首，的确注意到上海欧阳的变化，自从和大卫认识后，她经常在周末的时候早出晚归，我们以为她和杨柳去约会了，但是最后我们发现杨柳也找不到她到哪里去了。

有一次，上海欧阳在宿舍透露，她已经开始了另一场恋情，暗示那些还对杨柳抱有好感的女生，现在有机会了。

我首先想到了严丽丽。

不知道严丽丽的情形怎么样了，因为她真的不住在宿舍了，只是偶尔回来一下。我私下里把这个消息让李若凤传达给严丽丽，李若凤给我说，看来，严丽丽真的爱上了一个比杨柳更有吸引力的男人，现在她对杨柳仿佛已经失去了兴趣。

在心里，我有些怜惜杨柳。

后来，杨柳又来找过上海欧阳几次，大家都告诉杨柳，她可能去了梧桐城音乐台，杨柳就显得很伤心，仿佛要哭出来的样子。

我在钢琴课上已经有两星期没有看见杨柳了，心里生出一些的思念，就买了几斤苹果去20舍看他，看见他的时候，他刚从床上爬起来，一副病恹恹的样子，心里就更加同情他。

我说，杨柳，你不要难过了，要是你原来选择了严丽丽就不会有今天的结果了。

我想试探杨柳是否会后悔和上海欧阳的交往，我也想试探他对严丽丽是否有过情感，也许，我在心里还在想，他会不会发现我对他存在着"非分之想"呢，我多希望这个男子马上觉醒，看清楚，是谁在真正地关心他，是谁在真正地珍惜和他的交往。

我甚至在想，我心里爱的真是武勇吗？如果是武勇，为什么那么容易地就会背叛他。仅在几秒钟里，我就给自己许了一个诺言，只要杨柳对我有一丝一毫的暗示，我会马上放弃武勇。

杨柳却说，我没有后悔和欧阳的交往，你知道吗，爱情也包括分手，尽管她已经放弃了我，但我的爱还没有离开我的身体，所以我还活着。

他的话像放出的一把冷箭，我的心被刺痛了。

我不知道自己对他还说了些什么，那大致是些非常虚空的客套话，希望他早日康复什么的。

在回宿舍的路上，我对杨柳充满了敬意。我想，为什么他那么有魅力，那么多的女人对他钟情，原来，他有他自己的人格魅力，我想，他不是那种随便的人，他有自己的分寸。要是一个不负责任的男人，早就利用了严丽丽，然后再找借口放弃，也没有谁会指责他。但是，他没有。

我觉得上海欧阳放弃了一块宝玉，她会后悔的。

自从这次去看了杨柳，在心里我对自己产生了怀疑，我在质疑自己目前这场爱情的可信的程度。

我扪心自问，我是不是在爱着和我恋爱的人，还是心里早就有一个人影，我和武勇能走多远，这些问题，我都无法回答我自己。

## 我们的身体　我们的欲望

大四了，我们的心都野了。

除了想着找工作外，心里就是对性充满着浓厚的兴趣。

扬州小芳承诺要给我们看她的朋友从香港带回来的黄色录像带。给我们上一堂关于性生活的公开教育课。

她说她有一个朋友是梧桐城电视台的摄像师，刚好出国出差了，要半个月才回来，100多平方米的房子正空着。于是，我们选好了一个日子，集体出击。

为了这一天的到来，我们重新齐心协力，把所有的恩怨都放到另一边，紧密团结在扬州小芳的周围。

我清楚地记得那个特殊的日子。

是 1995 年 11 月 1 日，这天，梧桐城下起了小雨。

深秋的梧桐城是凄美的，每一场雨都会浇黄一批梧桐树叶。枯黄的法国进口的梧桐树叶，成了梧桐城深秋里最美的风物。枯黄的叶子在我们眼前的风中摇晃，似乎让我们感觉到它最美的时刻就是为了在这一个季节枯黄，翠绿的时光谁又记得它的繁茂？只有它成了悲秋中最坚实的信使，重重地砸在你的肩头，你才感到它的凄美。

午饭过后，我们不约而同地去了澡堂洗澡、洗头。尽管天还下着雨，我们仍然换上最漂亮的裙子，把皮鞋搽得锃亮。我们涂着鲜艳的口红，上海欧阳居然把她的法国香水贡献出来，给我们每一个人喷了一点在我们的耳蜗后面。

也许，我们就和街头上那些梧桐树叶一样，谁记得你青涩的少女时代的面孔，我们所有一文不名的少女时代，都是为了这一天的成熟。

我们要穿过鼓楼广场，才能到达那个地方。

我们 6 个年轻的，才 20 岁出头的女孩子，手拉着手，像同胞姐妹，脸上洋溢个青春的光芒，我们踩着脚下那些枯黄的树叶，迈着正步，高傲地接受街上那些行人的检阅，公交车司机、出租车司机，都从车窗里探出头来注视着我们，红灯、红灯，整个鼓楼广场出现了红灯，所有的车和人，都停了下来。

我们骄傲地想，这可能是那个时候梧桐城街头最亮丽的风景。

但是，除了我们，还有谁知道，我们迈着整齐豪迈的步伐，不是去完成什么使命，我们是去向一个流传已久的历经千山万水、漂洋过海，来到中国大陆的黄色录像带致敬，我们去学习，去取经。

扬州小芳的朋友的房间真大！一个客厅就有 30 多平方米，客厅里最耀眼的是靠西边墙壁的地方，那里摆着一台 34 寸的彩色电视机，天呐！这么大的电视机，我是第一次亲眼目睹，比起我们电教室里摆的那 14 寸的黑白电视机，这简直就是天堂。

扬州小芳说，音响效果也是国际一流，全套的设备都是从日本进口的。

我们每个人人手一只一次性的水杯，还有一碟瓜子。扬州小芳说，你们想尖叫的时候就喝水和吃瓜子。

整个下午，我们甚至都忘记了嗑瓜子，嗑瓜子可是我们在宿舍里最放肆的一种消遣的方式。我们被此起彼伏的装腔作势的呻吟声包围着，我们在最大的电视机的屏幕上，看见了放大几十倍的男人和女人的生殖器，我们通过国际一流的音响，听到了男人和女人们在享受性高潮时的畅快淋漓的叫喊，那种快感，像一个隐形的磁场，通过空气，抵达我们的身体，袭击我们身体最隐秘的地方。

洗手间供不应求。

回学校的时候，我们这 6 个精心打扮过的同胞姐妹，还是手拉着手，在这个深秋的梧桐城，我们通过彼此湿漉漉的手掌心，感受到我们追求性高潮的共同的心声。

## 诗人之死

一个星期天的下午，大家可能是玩得累了，都纷纷从外面回到宿舍休息，大多数人都躺在床上看书，上海欧阳坐在桌前一边听二人合奏组"神秘园"的音乐，那些旋律优美的音乐在房间里流动。上海欧阳还在一边照着镜子，孤芳自赏；我也爬上我的上铺，靠在墙上看一本新的曲谱，是武勇送我的《克莱德曼演奏的钢琴轻音乐曲选》。

这时，严丽丽也回来了，她的身后跟进来一个瘦瘦高高的女孩子，她其貌不扬，披肩长发，前额有一排刘海，脸型挺美，是一个标准的瓜子脸，但是五官非常的一般，单眼皮，她的气质是比较恬静的那种，虽然我只看了她一眼，但是她给我留下了非常深刻的印象，因为在她脸的左下侧有一块指甲盖大小的黑色胎记。也许是她害羞，也或许是我们所有的目光都不约而同地盯着她脸的左下侧的胎记老看，她显得有些自卑和尴尬。

严丽丽马上也觉察到了些许微妙的气氛，她马上说："她是我的朋友，叫瞿诗，徐州人，经济管理系的高才生，一个很有前途的女诗人，我马上就要编她的一组诗《一天上午的回忆》用在新一期的《我们》上，其中有一首诗歌是《祖宗们的爱情》，我非常喜欢。"

说着严丽丽马上就把瞿诗的《祖宗们的爱情》给我们背诵了一遍：

### 祖宗们的爱情

祖母说　我来自云南元谋

祖父说　我来自北京周口

祖父半跪在地上

牵着祖母毛茸茸的小手

轻轻地咬上一口

他们四目相视　深情地说

啊　爱情让我们直立行走

我们听了都哈哈大笑，我们不得不佩服诗人瞿诗的才华和想象力，我们甚至还感受到她骨子里的幽默。

我看见上海欧阳也回过身去，看了站在她背后的诗人瞿诗一眼，并友好地送了她一块巧克力。

那个叫瞿诗的女孩子，也许已经感受到一种尴尬，她抬了一下左手，没有伸手去摸自己脸上的胎记，只是顺手把自己的头发往脸颊上铺了一下，但是这仍然没有遮住她脸上的那块指甲盖大的黑色胎记，她的这些小动作不仅没有把她脸上的胎记遮蔽，而且，更加招引了我们的目光，她在我们的注视下，如坐针毡，她喝了严丽丽给她泡的一杯雨花茶后，在我们的房间里坐了不到 20 分钟就离开了。

那是我们见她的第一面，也是最后一面。因为不久后，这个薄命的女诗人和一起惨烈的凶杀案紧密地联系在一起，她不幸成为这场凶杀案的女主角。

1996 年 1 月 19 日，梧桐城大学的学生可能都记得这个日子，因为在梧桐城发生了一起凶杀案，梧桐城大学经济管理系的一名女学生被人杀害。

1996 年 1 月 19 日清晨，一直下了 3 天的雪终于停止了，积雪有大约 2 尺多厚，整个城市被皑皑白雪包裹着。清晨 6 点，在新街口附近的一个住宅区，一位 60 多岁的老大伯起床来，准备开大门，他看见大铁门被厚厚的积雪埋了，怎么也推不开，他打算找人来清理积雪，这时，他发现铁门外有一只胀鼓鼓的黑色塑料袋，他上前去打开一看，里面全是切碎的肉片，他以为自己捡到了好东西，还打算好好地清洗了，美美地吃上一顿，他好奇地往里翻，没想到，竟然翻出了一只雪白的手来。老大伯吓得大惊失色，立即报案。

接着公安人员又在新街口附近的天桥上，发现了一只被煮过的人头，长发，前额有刘海，脸的左下侧有一块指甲盖大小的黑色的胎记，她宿舍的同学就是通过这块胎记确认，这个遇害的人就是瞿诗。

经过一些人的描述，我们得知瞿诗死得很惨，她的身体四分五裂，头、乳房、外阴被割下来煮了，分别扔到了很多地方，但是又不难发现，这个杀手仿佛就是在和破案人员较劲，其他部分被切成2000多片，好几个公安人员一连数了两天，由于刀法精湛，肢解她的时候，每一个关节都没有损伤，肉片薄厚非常均匀，有些地方的肉片故意连在一起，小心翼翼地拉开来，还是一个扇形，放在玻璃板上，像一个精致的冰雕。

据有关的专家分析，这个凶杀案的工作量很大，如果是一个人干的，他至少需要3天时间。

当得知是严丽丽的诗人朋友瞿诗被害时，我们整个宿舍的人都快疯了，整个梧桐城，梧桐城大学都被无名的恐慌笼罩着。

我的脑子里也被一个变态的杀手的形象塞满了，他幽灵一般的幻觉，还时不时跳出来袭击我一下，他手持一把精致的锋利的手术刀，躲在一个黑暗的角落里，对着女孩子垂涎三尺，用他阴森森的目光注视着你，他在选择角度和时机来袭击你，也许他会摇身一变，成为一个文质彬彬温文尔雅的人，让你爱上他，把你带回他的家，给你开着音乐，讲一个深奥的耐人寻味的故事，再给你喝一杯玫瑰一样的红酒，酒里放一些有麻醉性的毒药，让你在没有痛苦没有挣扎的情况下死去，然后他切开你的喉管，把你血管里玫瑰红的鲜血放进雪白的抽水马桶里，你流干最后一滴血，你变成一个几乎透明的尸体，那尸体像冰雕一样洁白无瑕，他就拿起手术刀，把你变成他的艺术品。这个噩梦一直跟着我一年的时间。

第二天，我们也和学校其他学院的学生一起去梧桐城市市政府去请愿，要政府给我们一个安全的学习和生活的环境，我们也得到了政府官员的口头答复，他们保证说他们一定会抓到凶手，把案子弄个水落石出。

我记得那个冬天，我们走在梧桐城的街道上，发现梧桐城所有的梧桐树叶都掉光了，那些树都仿佛死了一样矗立在街的两边。

接着我们宿舍的人都先后被公安人员叫去问话了，至少被不同的警察盘问了 3 次，我只记得，我把一句话重复了很多遍，"她叫瞿诗，我只见过她一面，那天，宿舍的人都在，我记得她的脸的左下侧有一块指甲盖大小的黑色的胎记。她会写诗。"

可想而知，严丽丽将被公安人员怎样地盘问。

在放寒假前夕，我们还听到关于瞿诗的父母来认尸时的传闻。

瞿诗遇害大约 3 天后，公安部门为了深入调查了解案情，他们必须和死者的父母等亲人取得联系。据说诗人瞿诗的父亲是当地一家报社的主编，母亲是位中学老师，很多人认为，一般知识分子都比较理智，比常人可以多忍受一些灾难性的打击。但是面对着那个被切下来煮熟了的，只是模糊得看得见的胎记的人头，瞿诗的妈妈昏死了过去，她只有一个独生女儿，但是等她醒过来的时候，她怎么也不肯承认那就是她的女儿，她甚至说，她是有一个女儿，但是女儿在 10 年前就被人贩子拐卖到了四川最穷的农村，嫁给一个娶不到老婆的农民，现在女儿生活得很幸福，她还生了几个孩子呢。

就在放寒假回家的那天，李若凤又放了一个马后炮，她说，那天我一看见那个叫瞿诗的女孩子就觉得她有些薄命，你们听她的名字"瞿诗""瞿诗"，多么像"去死""去死"呀。

我觉得李若凤的尖酸刻薄就是在这些小细节表现出来的，正如上海欧阳的评价，有才气的、自认聪明的女人，都是尖酸刻薄的。


## 欢乐的代价


春节后，我们进入大四最后一个学期，整个大学还没有从诗人瞿诗之死的恐惧中缓过劲来。大家还在猜测这个恐怖的变态杀手，会不会是几十年前日本侵略中国时遗留下来的高级的解剖专家。

但是，严丽丽的突然退学，转移了大家的注意力，成了我们另外一个热门的话题。

关于她的退学，原因太复杂了。

首先，我们还在回忆她创办的《我们》给我们带来的痛快的感觉，我们还在期待着《我们》的新生。但是，当我们知道她退学的消息的时候，我们就知道她已经住进了鼓楼人民医院妇产科病房。她在等待一台手术。《我们》的复兴遥遥无期。

宫外孕。

这个名词在我们中文系是使用频率最高的一个词，因为严丽丽是宫外孕。天哪！宫外孕，一个多么可怕的名词，对一个女人来说，可能是悲惨的，也可能因此失去生命。她可能会摘除子宫，将永远失去做一个母亲的权利。

无论怎么说，宫外孕，也是受孕了，是一个男人的精子和一个女人的卵子结合了。想到怀孕，我们就想到了让她受孕的男人。

然后，让严丽丽受孕的男人，又成了我们热烈讨论的话题。

首先，武勇被排除了。大家在议论武勇的时候，都朝我看了一眼。因为，我和武勇的地下情已经出土一年了，她们还不知道我和武勇的爱情到底是一棵草，还是一棵树。其实，我也不清楚。但是，武勇经常陪我练琴都已经是公开的秘密，就连五一节，武勇来宿舍睡觉的事情，大家都心照不宣了。

后来，有消息灵通人士上海欧阳神秘地说，中文系的第一帅哥、第一才子可能就是经手人呢。我们不约而同地想到了《我们》的创刊号上靳鑫的署名。

想到靳鑫和严丽丽扯到了一起，我们的心又不平静了，我们终于觉得严丽丽也不是一个省油的灯。正如通红所说，靳鑫教授在我们眼里是一个高度，我们知道他的帅，知道他的才，知道他的温文尔雅，知道他的婚姻，但是只有严丽丽知道他是一个普通的欲望男人。

通红刻毒地说，温文尔雅的靳鑫教授，用他幽雅的身体洞穿了严丽丽的下半身。

我和李若凤打算去看望严丽丽。

夏天到了，医院的走廊里充满了福尔马林水的味道。我们在妇产科的病房里怎么也找不到"严丽丽"的名字，找了半天，在一个病房的门口看见了靳鑫教授的背影，我们就奔了过去。

原来，为了掩人耳目，严丽丽把她的名字改成"李会"。

看见靳鑫教授，我们反倒显得不好意思，尴尬得不知道该怎么招呼他。

还是他主动招呼我们，说，你们来了，坐。

他拿了苹果给我和李若凤吃，被我虚假地推辞。

李若凤却说，小小，吃吧，不就是一个苹果吗？

我知道李若凤这样说，似乎在给自己壮胆，大有此地无银三百两的味道，看着李若凤一本正经的样子，我就想笑。再看见躺在床上脸色苍白的严丽丽，我又无法高兴起来。

　　严丽丽瘦了很多，脸色苍白，可能是不停地流血的缘故。她瘦了，漂亮了，身上多了些风尘女子的味道。

　　后来李若凤对我说，那种味道，就是女人的魅力。

　　看见在课堂上滔滔不绝地讲着西方美学的靳鑫教授，在这里变得那么温柔，那么平易近人，我们就对他产生了亲切感。我甚至在嫉妒严丽丽，她做的事情总是在让我们大吃一惊。

　　看见他的眼睛，我突然想起了通红的话"温文尔雅的靳鑫教授，用他幽雅的身体洞穿了严丽丽的下半身"，我又想到黄色录像带中的男主角。我在想，他也会在那种炫目的快感中，播下祸根。

　　严丽丽的手术是在第三天下午进行，我和李若凤答应一定陪她去。

　　我们通过长长的走廊就来到了一个女人的天地，这里的医务人员和病人都是女人，她们懒散，旁若无人，空气里充满了阵阵消毒水的味道。我们在第二诊室门口找到了严丽丽。靳鑫教授在"男士止步"的牌子后面，满怀心事地抽着烟。

　　女医生看着我和李若凤说，你们是陪人吗？

　　我们点点头，忙问她：医生，我们的朋友有危险吗？

　　女医生说，这是当然的。

　　我们的心又一次被"恐惧"袭击了一下，我们的心在不断出现的恐怖事件中，被磨砺得有些坚韧了。

　　在手术室门外，我们等了两个小时。这两个小时非常的漫长，我和李若凤一句话都没有说，我们都心不在焉，看见那些痛苦的女人，让我对男女之间的性爱产生了怀疑。我又一次想到了武勇，我们已经有一个星期没有见面了，因为我在准备我的论文，他也在开始联络工作单位。

严丽丽推出来的时候，她还没有完全清醒。

她是活下来了，手术中没有出现大出血。她也仅仅失去了半个子宫。

学校终于知道了她和靳鑫教授的事情，系里的领导找到她谈话，告诉她有两条路可以选择：一是她主动退学，另一个选择就是靳鑫教授离开梧桐城大学。

为了让靳鑫教授留在梧桐城，严丽丽毅然选择了主动退学。我们都为她的牺牲精神唏嘘不已！

我们也为她拥有一个伟大的父亲而感到羡慕，她把退学的事情简单地说成是她患痢疾，传染性很大，她不想再读书了。她的父亲居然没有怀疑。她不愿意离开梧桐城，她的父亲就在梧桐城给她租下了一套二居室的房子。

不久，她在梧桐城电视台找到一份临时的编导工作。

严丽丽的所有物品都已经收拾在一个网状的袋子里，她的父亲来帮她拿行李。

我和李若凤把她的父亲一直送到了鼓楼广场。

宿舍里少了一个人。看见严丽丽的床空着，我们突然感到了悲伤。


## 那是不是爱我不知道


已经有两个星期没有见到武勇，我看见了他留在楼道阿姨那里的字条，我就知道他来找过我了，他说他目前很忙，正在联系工作。

看见他的字条，我突然想见他。

下午4点，我去武勇的宿舍找他，可是他的室友说，他买了很多的水果看一个朋友去了，上午就出门了，可能快回来了。

我坐在他的写字台前等他。我从他的书堆里找出一本诗集来看，那是艾伦·金斯伯格的《嚎叫》的英文版本，那时，中国还没有中文的版本。我看见武勇在一些字里行间做了笔记或者叫翻译。

我知道他是喜欢金斯伯格的，他是美国"垮掉一代"的代表诗人，武勇喜欢他的"颓废和堕落"，以前他总是对我说过他喜欢金斯伯格在精神或者心灵上的赤裸裸的直率与坦诚，那是一种回归到最原始最自然的感觉。

我很喜欢他用铅笔写下的几行字：

　　我很快乐，克鲁亚克，你的狂人艾伦
　　终于如愿以偿：发现了一只年轻的新猫

时间很快就过去了两小时，武勇的室友都拿着饭盆提着开水瓶，纷纷朝食堂的方向走去。

但是武勇仍然没有回来的迹象，我也没有任何见到他的预感。

我们的心似乎已经远离了爱情的磁场，感受不到彼此的存在了。

我想，我应该离开，不应该再待在这里。

我突然产生了一种不祥的预感，也许，武勇已经变了。也或许他早就觉察到杨柳在我心中的痕迹。

我知道武勇最崇尚的就是那种叫"纯自然"的东西，一切都是赤裸裸的，他说过"我喜欢你，就是喜欢，毫无隐瞒和勉强"。如果那种好感荡然无存了，他会直接来告诉我吗？

我想，他会的。

现在，我就从这一刻开始，等着他来告诉我，告诉我真相，而我的心，早就为了这一天做好了充分的准备。

直到第二天中午，武勇仍然没有来找我。我的心就更加坚定了昨天的预感，但是我不能将我的忧虑在我的宿舍里展现，这里是一个"无线广播站"的中心，我要离这里远一点，带着我的焦虑离开。

我要找一个地方休息一下，我需要一点时间，去整理一下情绪，最好能找一个人倾诉。

我想到了严丽丽。

我要去看她。因为太忙，她手术以后都快一个月了，我都没有时间去看过她。现在我好需要去看她。

我满怀心事，步履沉重，从学校的后门步行到鼓楼广场，然后路过大钟楼茶社，穿过一个小巷子，就到了严丽丽住所的楼下。我按了门铃后，正在等待着对讲机的反应，就在这一瞬间，我回过头一看，发现有一个很熟悉的背影消失在这个巷子的深处，我想凭我的直觉和嗅觉，我觉得那个人就是我的男朋友武勇。我心里咯噔一下，想，他为什么在这个巷子里出现？

正在这时，对讲机出声了，是严丽丽低沉而忧郁的声音，谁？

我说，丽丽，是我，小小。

门"啪嗒"一声开了，我没有任何思索的时间，就进了门，我走上三楼，严丽丽穿着一件碎花的睡衣，出现在我眼前。她披散着头发，脸色还是那么苍白。

我像一只嗅觉灵敏的军犬，想从这间屋子里找出我想离开武勇的理由。

凭直觉，武勇才离开这里不久。我想知道严丽丽会不会告诉我呢？

严丽丽用很快的速度给我削了一个苹果，递给我，看着我心不在焉的样子，她说，心情不好，是吗？

我说，是呀，心里堵得慌。

她说，凡事想开点，你看我，大学这几年，仿佛就是来寻找坎坷似的，我过得比你们任何人都差，但我还是活下来了。

我说，你至少给我留下了几本《我们》，让我们津津乐道，而我是真的一无所有。

她说，那也不能当饭吃。

我又想起了武勇，心里有些感受，我突然问她，你的爱人呢，他有来看你吗？

她苦笑了一下，他一直没有来看我，连电话也很少打来。

我说，啊，怎么会这样呢？

她说，他被人监视，正在忍受着多重的煎熬，太太要离婚，学校要处分，他要一件件去处理呢，我想他短时间内是不会来看我了。

我说，你希望他离婚吗？

她说，不希望。

我对她的回答感到更加惊讶。

她拿出一根摩尔烟来，叼在嘴里，熟练地打燃火机，蓝色的火苗很快把烟点燃，她吸了一口，吐了一口气，说，小小，你觉得我是不是很颓废，甚至是堕落？

我说，我没有觉得你堕落，只是有点不明白，你为什么不希望你的"爱人"离婚，和他一起生活，让他成为你专门的爱人？

她淡淡地说，我不想那样故意，我希望一切顺乎自然。

我突然想起武勇崇尚的"赤裸裸的坦诚和原始的自然"。

我的直觉告诉我，她和武勇又有了联系，或者是更深的接触，在骨子里，他们才是完美的一对。

我相信我的直觉。

我还是期待着严丽丽亲口告诉我，最近她和武勇又开始联系了。但是她一直闭口不提，我也不问她，我只能凭我的直觉和嗅觉，来感受着这里弥漫着的浓郁的背叛和报复的气息。

本来我是想找一个安静的地方休息一下，调整一下自己的心态，但是我越来越觉得窒息，我明显地感觉到严丽丽的房间里充满着一种颓废的气息，连她整个人，都溶进了她所说的"颓废和堕落"中。

她的窗台上，有一把鲜艳的玫瑰花，在一只透明的玻璃瓶里盛开，它的灿烂简直和严丽丽的整个房间不协调。

我想起了武勇送我的玫瑰花，我们的爱是从那束玫瑰花开始的。现在我又在这种状态下，想起了当年的情人节。

我想这一切都是自然的，太自然了。只要存在着的东西，就是合理的。

从严丽丽那里回来后，我更加坚信了我的直觉，我没有再去找武勇，他也没有来找我。

我想，上海欧阳和杨柳结束了，现在终于要轮到我了。我要接受这个现实，回到原来的状态，我似乎从来都没有恋爱过，从来都是我一个人走在大街上。

我想起了严丽丽在送我出门时的那种眼神，她不应该这么快就让我走的，她知道我的情绪低落，我是去找她倾诉的，是寻求帮助的，但是，她明显的，也许是故意的，让我离开，在她看我的眼神中，我看见了敌意和得意。

我更加坚信，严丽丽，我大学时代的第一个朋友，最好的朋友，终于从我的手中，抢走了原本属于她的男朋友。

## 爱情高于一切

我们知道，曲终人散的时刻就要来了，但是我们还有最后的狂欢。

毕业晚会在 6 月 6 日举行，中文系决定由上海欧阳做年级的主持人，她非常重视这次出风头的机会，她特地回了一趟上海，在南京路上一家高级晚礼服店里，订做了一件咖啡色的晚礼服。

咖啡色的晚礼服从上海快递到了梧桐城。这件价值 5000 元人民币的晚礼服原产地是法国，低胸、露背、收腰。

上海欧阳立即试穿给我们看，包括她的敌人，都得承认上海欧阳就是性感的、高贵的。

她脱下那件昂贵的晚礼服，挂在床边，就出门去澡堂洗澡。

看着上海欧阳出门了，通红长长地舒了一口气。

快毕业了，似乎每个人都行踪不定，显得异常神秘。现在，宿舍就剩下我和通红，房间里异常安静，上海欧阳的那件昂贵的晚礼服上的一朵胸花，在那里闪着光。

通红说，小小，我们出去走走好不好。

我正好也无所事事，就答应了。

小松林是我们聚会的天堂，无论是夏日炎炎，还是白雪皑皑的冬季，这里都坐满了人。每一个小石桌子周围的石头凳子上都坐着三三两两的学生，他们都在旁若无人地聊天，喝啤酒，还有人在抱着吉他边弹边唱，我想那些都是他们自己的作品，因为听起来一点也不流畅，甚至还有些别扭。尽管这里很嘈杂，你不得不承认这里很有人气，在小松林，我突然想到"小鸟的天堂"这个词。

我不知道通红想对我说什么，就在那里东张西望，因为李若凤和通红的关系不好的缘故，我从来没有和通红单独在一起过。

通红说，小小，你还记得去年我受伤的事情吗？

我当然记得，大三除了上海欧阳和杨柳的分手的事情闹得有些沸沸扬扬，通红受伤的事情的发生真是有些让人措手不及，这件事情是我们大学生活中唯一可以写进校史的事情了。

大三开始大家变得有些慵懒，逃课成风，就连以前最严厉的老师上课，现在我们也开始淡薄了，照逃不误。好在大三下学期开始实习，每个人都在为以后的生活和工作打算，心思和精力都用在寻找实习单位上了。

我们宿舍的人，大多在报社杂志社或者电视台做实习记者和编辑。开始了实习，就好像开始工作一样，我们渐渐开始从实习的窗口走上社会。因为实习很忙，大家几乎不回宿舍住宿了。

也许，这个表面看上去平淡的大三，正在孕育着一场轰轰烈烈的故事，它要一鸣惊人，而这一鸣惊人的事情要通红来完成。

当我们知道这件事情的时候，通红已经在梧桐城人民医院的急诊室里，受伤的还有她的男朋友。据说他们在宿舍里幽会时，他们选择在扬州小芳的床上做爱，由于在做爱的时候太忘情，动作太剧烈，把整个的铁床摇散了，床上堆放的箱子书籍等杂物都掉下来了，一根铁棍插进了通红男朋友的屁股里，不

70

能动弹，通红的脚也被卡住了，他们本来想试着自己解决，没想到，自己一动，铁棍插得越深，通红只好大叫救命。

宿舍的阿姨听见通红的呼救后，叫来学校的保安和校医，当通红和她男朋友被抬出来的时候，他们还光着身子，还是宿舍的阿姨给他们盖上了一张床单。

虽然这件事情闹得沸沸扬扬，连一家报社的记者都来采访，事件传播很快，有人还说，因为做爱太猛，梧桐城大学一男一女死在床上。

我们不知道哪个细节更接近事件的本身，通红出院后更是不愿意透露一个字，我们更不敢开口问她。不久她就被学校处分了：留校察看一年。

后来学校后勤处开始检查全校铁床上所有的螺丝，并把所有危险的床都统统换掉。

想起这件事情来，实在是有些想笑，但看通红的表情，我还是忍住了。

她说，其实我早已经不再生活在虚幻中了，也不计较上海欧阳去接近我的所谓的"梦中情人"，你知道吗？我还是有人爱的，这个男朋友是我初中和高中的同学，他是学校男子篮球队的队长，一个180厘米高的中锋，他从初中开始一直在追求我，他以为我会和他一起在北京读大学的，但是，没想到我为了一个老男人而离开了家乡，他知道，我和梦中的这个人有没有结果，他猜不到，他也不想去猜，但他知道我真的踏上了来梧桐城的路，就伤心地离开了北京，离开了他的父母，到澳大利亚读书。尽管在澳大利亚读书期间他也开始恋爱，但是，他仍然不能忘记我，他经常给我写信，开始用最时髦的电子邮件和我联络感情……经过无数次的打击后，我也终于明白，那个作家甘流并不爱我，我那么执著是毫无结果的，我终于清醒了，其实我心里早就在享受着那个男孩子的爱情，而自己还不知道……等我开始实习了，他就专门从澳大利亚飞回来看我……他来了住在梧桐城的古南都饭店……但是他要求体验我的大学生活，那天他来参观我们的宿舍……

通红说不下去了，我知道她想起了那次恐怖的经历就后怕。她突然不出声，我感受到她的难堪。

我看见她很难受就想把话题引开，给她讲了一个笑话，在我大四的时候，弟弟已是北京大学中文系一年级的学生了，我和他的关系一直都很好，他把什么话都告诉我，去年元旦节的时候，他给我写了一封信说，他开始追女孩子了，他说他喜欢北京外国语学院的一个漂亮女孩子，是苏州人，但一直不敢对她表白，一个星期天，弟弟终于鼓起很大的勇气，骑着自行车，跑到北京外国语学院去找这个女孩子，打算请她吃顿饭，然后向她表白。弟弟在她的宿舍门口遇到她，就跑到她面前，看着她的眼睛，本来想对她说"一起吃个饭好吗"，没想到他的话一出口就是"一起睡个觉好吗"，结果弟弟挨了一个白眼后，骑着自行车又回到北京大学。

通红听了哈哈大笑。气氛终于缓和了许多。

## 谁的剪刀

聊天后，通红又请我去吃了川菜。我们回到宿舍已是晚上9点了。

宿舍里早已乱成一团。

原来，上海欧阳洗澡完毕后，回到宿舍，再次拿出她的晚

**72**

礼服来试穿的时候，发现晚礼服的后背多了一道口子，这道口子从背部拉到臀部，穿在身上后，整个的屁股都露在外面，简直好像有人专门在捉弄她似的。

听说整个屁股都露在外面，我简直忍不住笑滚到床上。

李若凤就指责我说，你还笑，都不看看上海欧阳哭成什么样了？

扬州小芳也在一边附和说，还不老实交代，下午去了哪里，我们现在都在查找凶手呢。

我知道，上海欧阳心里第一个想的是谁，我想所有的人都会想到黑手是通红，如果上海欧阳去学校告发，在不明真相的时候，已经有一个"留校察看一年"的处分在身的通红肯定会被开除的。

通红知道了上海欧阳的晚礼服被人恶意剪了后，立即吓得大惊失色，她也想到了自己已经有处分在身，以及她在上海欧阳心里被怀疑的分量有多重。

通红马上对上海欧阳说，你不要怀疑我，我整个下午都和苏小小在一起。

我马上说，是呀，我可以证明的。

李若凤马上对我说，谁又可以证明你呢？

我一下哑口无言，不知道怎样反驳李若凤，我心里一下对她充满了反感。

通红的语气一下软了，几乎是在哀求，她对上海欧阳说，如果你不相信我的话，你可以在心里怀疑我，我请求你不要告诉学校，这晚礼服值多少钱，我愿意赔你。

所有的人都在等上海欧阳的回应，但是她没有出声。

我心里一下子不是滋味，通红原本是一个"硬汉"的形象，现在却变得低三下四，我觉得通红很冤枉，我想甚至有人连我也会怀疑的。

虽然上海欧阳好像平静了，她没有告诉宿舍的阿姨，只是不知道她真的要不要去告诉学校。大家担心了一个晚上，没想到第二天起床后，上海欧阳大声说，算了，我不会怪谁了，不就是一件衣服吗？我有的是漂亮裙子。

通过"晚礼服"事件，上海欧阳知道了有人在暗中恨她，她想剪她衣服的人就是希望她把事情弄得不可收拾，但她就没有满足那个变态的人的愿望，她轻描淡写地让事情就这样过去，那个人在角落里该是怎样的失望啊！

四年后，我坐上回家乡的火车，仍然是硬座，就像来上大学时一样，虽然仍是我一个人在走这一段路，但是，我感到了沉重。

第一段感情悄然无声地从我的身体里褪去，我的大学生活跟着结束了。

我又一无所有。

## 谜底，也许是画蛇添足

2003 年 2 月的一个晚上，凌晨时分，我已熟睡了，突然，电话铃声尖锐地进入我的梦境，我在黑暗中摸到话筒，一个非常熟悉的声音出现在我的耳边。

"小小同志，睡着了？"

是谁的声音，我一时也想不起来。

她说，毕业后，我们一直没见过面，我现在在美国加利福尼亚，我在一个月前来到这个国家定居，不打算再回去了，我无法知道我的家园在哪里，只要离开家乡，每一个地方都是一样的，我们都是"大地上的异乡者"。

我们已有6年没有见面了，但我还是要告诉你，上海欧阳的裙子是我剪烂的，我不喜欢她成天抛头露面的样子，一看见她那个风骚的样子就难受，我想阻止她。

我在半梦半醒之中，想，现在我们都毕业这么多年了，谁还在意是谁剪烂了上海欧阳的晚礼服，我又想，可能通红想知道，有谁还比她更恨上海欧阳，上海欧阳也想知道，这个凶手到底是谁，是谁那么的恨她。

她又说："是我动手的。"

我仍然没有醒过来，就仿佛在梦里，像排练话剧一样，用小心翼翼的口气，试探着问她，你恨她，是因为你爱她？

耳边传来仿佛是李若凤的声音，这声音有些遥远，我有点相信，她不在中国，在美国，或者更远的地方。要是她说，她正在伊拉克采访我也会相信的。

听了我的话，她有些含糊地说，不算是吧，坦白地说，我倒是在高中时候，爱上过两个女孩子，其中一个女孩子就像你一样，喜欢弹钢琴，但是她们后来都背叛了我，先后都和别人结婚了，我还参加了其中一个恋人的婚礼……我理解失恋的严丽丽，我理解她去参加她初恋情人的婚礼的感受……所以，小小，我从来都不相信爱情，无论是男女之间的异性爱，还是女人和女人、男人和男人之间的同性爱，我都不相信，人总是在不停地背叛和被背叛，你看，你和武勇的恋爱，上海欧阳离开杨柳独自到加拿大，严丽丽至今孑然一身，扬州小芳为什么从政，因为她没有寄托，你最终没有和武勇在一起生活，这一切都告诉我，情感都是不可靠的，任何一个人都是不可以寄托的……我也不相信生命，我们从哪里来又到哪里去？你不知道，那个叫"瞿诗"的女诗人之死，也让我震撼，生活远远超出我们的想象，生命的脆弱让我们始料不及，我相信人生的无常……如果有一天，我不再给你电话，不再告诉你我的行踪……那么，你就相信我就已经消失，回到我来的地方……

那个声音又越来越不像李若凤的声音，我不知道她到底是谁。面对那种像教母一样的声音，我显得太疲乏，很快我就又睡着了。

第二天醒来的时候，我发现我怀里抱着电话筒，我已经记不得那个电话的内容是真实的场景，还是一个梦。

我准备给李若凤一个电话，以证实昨夜的电话不是一场梦。

我现在就拿起电话，拨了李若凤的电话号码。

资讯台留言：你拨的用户不在服务区，请稍后再拨。

2003 年 3 月 14 日，北京凯迪克酒店

2004 年 2 月，广州丽江花园

# 让我们来一场姐弟恋吧

这是一个迷人的故事，不能就这样平淡地结束，
来吧，掀一个高潮，既然你不曾俯下身来吻我，
那么，就让我踮起脚尖吻你。

佚名

今年我已经29岁，春天一过去，我就30岁了。

从20岁那年开始，我就处心积虑地寻找着我的爱情。

每年的10月都是一个美丽的季节，我都给自己一个悠长假期，享受一次爱情的聚会，不是别人来看我，就是我乘坐空中巴士，带上大把的钞票，去寻找新的希望。无论我还是一个大学生，或者我已经成为一个白领丽人，无论是在南京上海，或者是在广州，对于爱情，我都如此的任性和疯狂。

今年的10月，我留守广州。我的所有的闺中密友都离开了广州，要么就是和情人恋人去度假，要么是因为失恋，去找一个寄托，她们殊途同归，她们去到不同的方向，爬上不同的山顶，找到不同的寺庙，许下相同的愿心：幸福平安发财。要是神允许，她们会在心里说：神啊，请再多给一次爱情吧。

在这个城市里，我已经生活了6年。

从形式上，我一直只身一人，无人相伴。

在这些年中，有无数的夜晚是无聊的，也有无数的夜晚是令人难忘的，还有一些的夜晚是特别的。

我在一个特别的夜晚，对着电脑，似乎是在自言自语，或者在机械性地记录一次梦呓的内容。

最初，我在我的电脑上敲下一段文字：2002 年 11 月 28 日晚 11 时 33 分。

我知道，现在已经是接近凌晨的时间，我刚从我居住的丽江花园乘坐最后一班车来到我公司的办公室，明天，我要出差，去峨眉山参加一个新闻发布会。

每一次的离别，我就当成是一次永别。尤其是这次，在这个季节，我连续失去了几个至亲的亲人，那种剧痛，就仿佛同时失恋 100 次。

我的心是虚空的，我不知道该怎么样去填满这些虚空，我的心情是黯淡的，我不知道怎样才能使我的心情有些光彩。

现在，我更不知道自己需要什么，是和一个事业有成的男子结婚组建一个家庭，还是和一个心仪已久的男子维持一段没有婚姻的感情，抑或是醉生梦死游戏人生？

我不知道。我全然不知道。

我只想把今天过得充实些。我这样想了，就这样做了。

我还能回忆起来，一路上，我是忐忑不安的，我的心绪不宁，我现在仍然很彷徨，我真的不知道这样的后果是什么。

我突然在质问自己，我是不是在玩火？还是心中真的有了激情，对一个人有了感情，或者是想对一个人产生感情？

唉！我现在很乱，生活，情感，还有那些像丝线一样的思绪。

坐在这里，我有些后悔，我真不该来这里。

这可能是一场被人唾弃的相聚。

所有的一切，这一切的烦恼，都是因为一个男人，因为你，因为你是一个才20岁的男孩子。

虽然你还是一个20岁的男孩子，但是你已经在成人的圈子里混迹许久了，你久经沙场。

我还记得和你的相识。

两年前，5月的一个晚上，一些没有家的年轻人，在一个不插电的酒吧里聚会，一些地下摇滚乐队正在即兴演出。一个同事来了电话，要我去喝酒。

我没有拒绝，因为孤独，这样的聚会我通常都不会拒绝。

我从床上爬起来，梳理了头发，打扮了一番，涂了口红，像一只夜行的动物，加入了他们中间。

都是年轻人。除了一两张熟悉的同事的面孔，其余的都是陌生的年轻人。有一个人主动和我打了招呼，那就是你。

你说，我早听说你的名字。

我的名字。是的我的名字，像一个俗气的歌星的名字一样，因为采访一些烧杀抢掠的事件，我的名字在一张小报的头条上频频出现。

我看了你一眼，记住了你的模样，你留着长发，显得有些老成，你的皮肤很黑，很光滑，眼睛很有光泽。单看你的眼睛，就知道你那些成熟，都是伪装的。

你说，我今年18岁，可以酗酒了，可以抽烟了。

你又说，我写摇滚歌词，但是不懂音乐。

接着你又说，我还在上海读书，大二。

等你说得差不多累了，我才漫不经心地对你说，哦，是吗，你说的这些都是真的吗。

你装得很不以为然地耸耸肩，说，当然是真的，虽然我不是一个好人，但我也不是一个骗女孩子的男人。

我笑了，在心里说，一个装着成熟的坏小孩。

你要了我的电话和地址。一年已经过去了，两年已经过去了。

我的工作稳定了，我的心也相对稳定了。我有了一间自己的屋子，坚持蜗居在这个城市里，安心工作，偶尔恋爱，偶尔写作。

但是，我仍然没有一个固定的男朋友。

你知道了我的电话，和我的 E-mail 地址，偶尔给我一个电话或者一个电邮。你告诉我，你的恋爱，最早的时候，你说你喜欢了一个北京的女孩子，半年后，你打算大学毕业就和她结婚。去年暑假，你去了一趟北京，走在一个天桥上，你给了我一个电话说，你失去了你的爱情。

我还记得你说，虽然你才 19 岁，但是你已经拥有好几段爱情的洗礼，你深信，一个人一辈子不可能只爱一个人，无论是女人还是男人。

从此，我就对你有了新的认识。

去年的秋天，你突然给我一个电话，说你不想再读书，你从复旦大学休学了，已经来了广州，在一家杂志社当诗歌编辑。

我很少知道你的家人，你也从来不对我说起你的父母，你的兄弟姐妹。我还是从别人那里知道，你的父亲是一个诗人，你的母亲是一个画家，他们在十多年前离婚，你在上海的外婆家长大。

终于有一天，你邀请我坐在一个西餐酒廊里聊天，你大口地喝着啤酒，红着脸，很感伤地对我说，在这个世界上，我的父母还活着，但是我早就成了一个孤儿。

原来你作为诗人的父亲，在十多年前的一个诗歌朗诵会上，认识了一个年轻的会弹钢琴的会发骚会放电的女子，他们一见钟情，父亲就狠下心来，抛弃了你的母亲和才 5 岁的你，和她私奔了。虽然你的父亲最终也没有和那个弹钢琴的会发骚会放电的女子结婚，你的父亲从此走上了流浪诗人的道路，永不回头。虽然你恨你的父亲，但是，在心里，你是崇拜他的，你甚至是欣赏他的。你欣赏他的浪漫，欣赏他的敢爱敢恨。

母亲呢，母亲的勇敢也不亚于父亲。因为母亲年轻的时候，也算得上她们学校的校花，拥有众多的追求者。但是，就是因为父亲给母亲写了很多很多的情诗，母亲被父亲的浪漫征服。

就在父亲向母亲宣布离婚的那一瞬间，母亲也决定从她众多的追求者中挑选一名替补队员，当然，这对魅力依旧的母亲来说，也并不是什么难事。为了父亲和母亲各自的幸福生活，你被生活在上海的外婆收养。

现在，你终于长大了，上了大学，成了一名英俊少年，同时，也是一个问题少年。

那晚，你还对我说，有一段时间，就是在北京失恋的那一段时间，你的生活很不健康。你在酒吧里认识了一些摇滚女青年，那些姐姐教你玩吉他，摇摆，喝酒，做爱，吸食大麻和摇头丸。

你就在那些飘一样的岁月里，开始走上写诗的道路，还写摇滚歌词。你开始成了你年轻的父亲。开始敢爱敢恨，开始不断地被伤害，同时也伤害着别人。

从那一天开始，我和你又近了一些。

但，我始终没有主动和你联系过。


今年的秋天已经过去了，我还在等待着一场爱情的光临。

就像在期待着一场蓄谋已久的感冒。

如果这场感冒不来临，我就仿佛没有经历这一年的冬天。

在一个星期天的下午，我拖着慵懒的步子去到小区的一个美发中心，享受两天一次的泰式洗头和按摩，一个年轻的师傅正在给我吹着头发，我懒懒地翻着一本时尚杂志，我居然在这个时尚杂志上，看见了一首像流行歌曲一样的诗歌，上面署了你的名字。

你在这首诗里说，今年 5 月，你回了一趟家乡，结束了一段感情。

我空荡荡的心里突然有了你的影子。

回到家，我第一次拨通了你的电话。

你说，我听出了你的虚空，我来看你。

我说，你好自信，我现在不只是虚空呢。

你得到了鼓励，说，我猜，你在这样一个孤独的周末等待着一个不定的人，这个人也许就是我。

是的，从你说话的语气来看，你已经是一个男人，不再是一个孩子。我要重新认识你，驱赶那种不必要的负疚感。

一个小时后，你就出现在我的家门口。

我们打算出去吃四川菜。我们走在一起，像一对相亲相爱的姐姐和弟弟，然后又肩并肩地回到我的家。

你坐在沙发上，我坐在地毯上。喝着王朝红葡萄酒，看碟。《天堂电影院》。

我们无言地频频举杯，我们心照不宣。你和我，要一醉方休。醉了，做什么都有了借口。

你和我都有些醉了。你的脸红了，连眼睛都红了。

你说，坐在我的身边来吧。

你好像不打算离开，我也没有想要你走。

我们继续喝酒，继续看碟，再换上一张李察·基尔主演的《不忠》。

酒精点燃了我们心中的激情。我靠着你瘦削的肩。你抚摸着我的长发。

我们的呼吸连在一起。就在那张柔软的沙发上,你享受着我的成熟,我感受着你的年轻。

那一夜,你没有离开,我枕着你的臂膀,闻着你身上稚嫩的烟草的芳香,直到第二天傍晚。

我以为一切都从此结束了。但是,哪知道这才仅仅是一场感冒的开始。

也许是因为你多年的流浪,营养不良,你瘦骨嶙峋,我摸着你条条肋骨,心疼着你。

你说,让我们来一场姐弟恋吧,这个城市的男孩子成熟得太快,姐姐供不应求。

我知道,你是在无数个姐姐的训练下,像吃了激素一样迅速地成长。

已经是 2002 年 11 月 28 日晚 23 时 45 分。我还坐在电脑前,不想离开。

我扪心自问,我不是那么真心地想和你长相厮守,那仅仅是我的一场艳遇,一次没有开头和结尾的故事。我不想伤害你,所以,我对你伪装得非常的纯情,你想过吗,一个 29 岁的女人的纯情,就仿佛是一头大象装扮成一只小兔子在撒娇。我仿佛还对你一往情深。但是,我是一个一往情深的人吗?我不是。我从 20 岁开始恋爱,在情感生活里已经混了 10 年,现在我已经厌倦了情感生活,很累的那种情感生活,我尽量像一个不怎么麻木的人那样活着,有很好的女性朋友,也有一些知心的男性朋友。

但,这一切不能帮助我。我仍然是无助的。上帝,谁来帮助我。带我离开这苦难深重的尘世间。

第三天，广州下着雨，很南方的雨，不大，也不小，可以打湿头发。

我没有打伞，也没有披披风，我穿着一条厚厚的牛仔长裙，在五羊新城的一条小巷子里焦虑地走着，一片初冬的落叶砸在我的鼻子上。我清醒了很多，我想我早应该要离开这里，结束这一场感冒。

可是，我还是走到了你的楼下，拨通你的电话，你在电话里声音很小很沙哑，你说，今天我不去上班，现在还没有起床呢，你来吧。

我就像一个发了疯的女人，跑着上了八楼，钻进你的被窝，睡在你的床上。

我说，来吧，我应承你，让我们开始上演一场姐弟恋吧，或许我们还有一个儿子，长得就像你的同胞弟弟，在这个世界上，你就不再是一个孤儿。

**84**

"嘀……"我有手机短信。是你留言，你说，"我在超市给你买明天早上的牛奶，你什么时候来？"

我看了一眼时间，已经是 2002 年 11 月 29 日晚零时了。

我坐在这里等待一个可以陪我度过一个黑夜的你，帮我赶走孤独和虚空，但过了今天，明天怎么办？我又能给你些什么呢？

我想，既然你已经是一个孤儿了，你不需要孤独，你骨子里渴望获得的是那种传统的长相厮守的爱情，你希望一个忠贞专一的女人，围绕着你，给你安稳的欢乐，你希望的那种女人，我不是。

我会背叛任何一个人，包括我自己。

这些年来，我背叛每一个和我山盟海誓的男子，今天和他在一张床上缠绵，给他说一些甜蜜的情话，激情过后，我就忘记了他的面孔。这种热情可以持续一定的时间，但是，在这段时间里，我不能保证，我不会再遇上另一名男子。

我的爱情，就像廉价的自来水，说来就来。

我也背叛我自己。我常常给自己一些比较严格的规定，比如学习的计划，看书的计划，对一个男子忠贞专一的计划，每次孤独的时候，我就在想，下一次，我遇到一个好男人，我就会珍惜他，珍惜那种感情，享受那种感觉，爱他一万年。

但是，往往都是来不及把日记写好，我就变卦了。我在时时警告自己，不能因为世俗的享乐而影响我的精神生活，我的精神生活是神圣不可侵犯的，休想有一个人能破坏它。

今晚，我下定了决心来见你，但是，我现在又后悔了。也许见了你，结果仍然也是一场不愉快的分手。

就当这是一次永别吧，今天，看见了你，我就永远不再和你相遇，我在你的床上被你抱着，在你柔软的臂弯里，在黑暗中，听你讲着女鬼的故事，还有一些你从网上查来的黄色笑话，逗我开心。

天呐，那一瞬间是多么温馨多么美妙啊。

美妙的东西，我为什么不珍惜呢。

珍惜，这一次吧。

看在你那双清澈的眼睛的分上，看在你年轻的身体的分上，珍惜这一次吧。

也许，你能改变我，让我变得专一，变得温情脉脉，变得像 20 岁一样对未来充满幻想。

也许，我还会爱上你，哪怕是一个小时，一天，十天，或者更长一些，一个月，甚至是一年，也许还会更久远些，十年。

哦，天呐！十年，多么漫长的岁月，多么幸福的念头！

但是，我知道，一切都会结束的，哪怕是爱你一万年！它总是会结束的。

也许，在一个早上醒来，我们就觉得一切都变得毫无意义了。

爱情会在一个黄昏，或者一个阴雨天消逝，生命也会停止。也许，就在一个午后，坐在一张椅子上，膝盖上放着一份当天的报纸，一杯没有喝完的咖啡，或者一杯绿茶，还冒着烟，生命就结束了，就像生命的开始一样自然。

我知道，一切随着时间的流逝而消逝，我会因此而伤感吗，那个时候，我的心还是活的吗？我懂得爱，懂得欢喜，懂得哭泣吗？

我在干什么呢，为什么要用自我拷问和自我折磨的方式，来消磨着这午夜的时光呢。

**86**

我想，我会在这间无人的办公室坐到天明。然后，走下九楼，去街边，打一辆的士，赶去飞机场，去峨眉山参加一次会议。

昨天发生的一切，我都已经忘记。

我会坐在飞机的舷窗旁，看着窗外的云层，想，这就是我渴望的飞翔。

昨晚，我爱过什么人，等待过什么人，我已经忘却。

太阳就在我的正前方，闪着金光。


"嘀……"我的手机上有一条最新的短信息，仍然是你的，你说，"我在我楼下的超市，等你。"

我又在电脑上打上一行字：2002 年 11 月 28 日晚 11 时 33 分至 2002 年 11 月 29 日凌晨 2 时 33 分。


2003 年 1 月 3 日，广州丽江花园

# 情感一种

这只是一个虚构的故事，杜绝对号入座。如与生活中某些人事相仿，也纯属偶然。

一根新生的白发使刘子云很清楚地感觉到自己已不再年轻，容颜已不再诱人。她想到，她终于也到了人老珠黄的暮昏之年了。时间在百年老树的树心上刻上它历经寒暑沧桑的年轮，岁月也用同样的方式在她的额头上沉淀了时光的印记。

周末，黄昏时分，华灯已上，这座南方城市灯火通明，她又来到鸡鸣茶庄，坐在那个角落里幽幽灯光下喝一杯茶，她要一直喝到茶水清清淡淡。10多年来，她一直居住在这座城市里，并拥有这份品茶的爱好。她又一次惊觉到自己老了，过去的岁月已经远去，那些或真或假或明或暗或浓或淡的感情已一去不复返，在感知的世界里，只有生命还在白白地消逝。她想：虚伪也罢，真诚也好，于我已不再重要，重要的是曾经在某些岁月里已经付出过的那些朴素的爱情。

## 1

刘子云从师范学院分配时22岁，那个年代正是美女辈出。她的美貌来自于她那双黑白分明水灵灵的眼睛，她也让周围一些男人们的神魂荡漾过。她在沉默一年半后，开始打算投入某个男人的怀里，一个真正的男人。

在刘子云的骨子里，有放荡不羁的一面，只是碍于父母的面子，而伪装成一个贤淑的样子罢了。

认识尹奇缘于一次画展。

由于一个流浪艺人画展在艺术学院美术系展出。刘子云的一个热衷绘画的好友看到了广告，非要拉上她去不可。她就和他们几个人一道去了。那是一群真正的流浪艺人，他们没有单位工作，没有领导管制，没有首领，没有统一的风格，唯一相同的是他们是流浪艺人。那些作品有些令刘子云失望，总体上没有新意，不能抓住人，有些似曾相识的感觉。她想那些油画总不能跟国外的画家相比。

她发现了有一位留着披肩长发蓄着大把胡子的艺人，坐在一群类似他这样人的旁边，神色忧郁，加上他最显小，就很有些耀眼。她想，这些就是那些所谓的流浪画家吧，她只瞟了他一眼，她就害怕整个房间会燃烧起来，所以，她一直站在那个角落不敢移步。

大胡子年轻人走了过来，非常自信地说：

看中了这幅画吗？它是我的。

看中了怎样，看不中又怎样？她一出言就充满着强烈的挑衅性，真跟她的长相不相称。

有个性，我叫尹奇，流浪画家。

我是教师，刘子云。

尹奇画家拿了名片给她和他的同伴们，并在一处闲聊了起来。

从展览厅出来的时候，尹奇画家还在门口对她招了一下手说：我一定要来找你的，刘子云老师。

刘子云在心里一个劲地埋怨这所名气很响的学校让她心灰意冷，建筑没有特色，校园小而杂乱无章，草坪上满是荒草，鲜花也是乱糟糟地开着。她心烦的主要原因是她发现自己居然对画家尹奇一见钟情了。

一个流浪艺人尹奇就这样一帆风顺地走进了她的生活。

尹奇那时 25 岁，是那群流浪艺人中年龄最小的，他出来流浪，实际上是为了家中父母住得宽敞些。他的飘飘长发和大胡子才第一次这样茂盛地展现。他在这个城市环境优美的东郊租了两间房子，一间卧室，一间工作室。他的经济来源是给画廊画画，有时也为报纸杂志画一些插图。

他的卧室里贴满了他自己描摹的西方现代派画家的画。工作室里除了五花八门的颜料和画架外，还有一套音响设备，他说他喜欢在穆尔斯基那首流传很广的管弦乐幻想曲《荒山之夜》中进行创作，他尤其喜欢结尾处那段：教堂的钟声惊散了妖魔们的庆典。他的画室里还有一些动物的骨骸和一具骷髅。当刘子云看到那副骷髅时，她不寒而栗：对骷髅的观照，不仅仅使我们想到死亡，它无名无姓，也使我们痛苦。

刘子云第一次被这样的人深深地迷住，她迷上了他的飘飘长发，和那把茂密的胡子，甚至他独来独往的生活方式也让她耳目一新。

开始与异性恋爱的日子总是快乐无比的。他们到树林、公墓和附近的乡野写生，刘子云常常在那河水如翠、太阳灿烂辉煌的地方流连忘返。

一个雨过天晴的星期天的下午，他们在附近郊外的林区写生。

背影。靠着一棵孤独的老树的背影。

尹奇要作一幅叫《背影》的画，让刘子云为他作模特儿。那个背影是刘子云，她总是非常愉快地跟尹奇出来写生，并毫不迟疑地给他当模特。

两个小时过去了。尹奇叫了一声好了，你过来吧。她就像位天真无邪的娇小客人，飞快地向他跑来，她销魂的侧身，张着嘴的唇在笑，温暖的头发在飞。迷迷蒙蒙中那千种风情的双眼透过由厚变薄的空气层向他发出的微笑，只有尹奇一个人才明白她是为何那样的狂喜。

她很快地靠着他坐过来，他已经能感觉到她的体温，他马上意识到现在他可以第一次亲她一下，就算不道德地亲她一下，要吻一下她的脖颈。他相信她会允许他这么做。尹奇就粗野地伸出膀子搂住了她，活像至亲骨肉。果然刘子云十分优雅地眯上眼睛，在他的臂膀里颤抖了一下，把头轻轻地埋在他的肩头。后来，尹奇把他的唇飞快地滑到了她的嘴唇上，长时间在那里探亲。

画架在一阵晚风中脆弱地倒下了，响声惊醒了这一对忘情的恋人，尹奇看见刘子云的面颊上挂着一珠透明的眼泪。

对不起。刘子云用手摸摸刚才被他吻过的地方。我不过是太喜欢你了，别无他意。

我也是。尹奇又一次强烈地拥抱了她。

尹奇请刘子云吃过晚饭后依依不舍地送她回了学校。他此时还不敢说让她留下，而刘子云也不愿意流露出她已开始倦恋他的本意。

接下来的进展一帆风顺，他们几乎都更喜欢在尹奇的卧室里像小兔子似地欢娱，像小狗似地打闹。尹奇微笑着（这种微笑里隐含着阴谋）把两手往她腰间一叉，像端一顿丰盛可口的晚餐一样把她托了起来，然后仰面扔在床上。刘子云施出了聪明女人的机敏一心保护自己。她那尖滑柔软的散发着香气的身躯闪来闪去躲避着，一边用膝盖顶着他的腰，还用手抓他的臂膀和脸。后窗半开着，夕阳在远处的黄昏里死寂般地消退。她一声尖笑，引来了一场没有任何暴力的搏斗，这是一场残酷的殊死恶战。在这激烈而又虚假的挣扎声中，刘子云想她那天性中的放荡的欲望和现在这种谨小慎微的躲闪是多么矛盾重重啊，她开始抿着嘴笑，后来，他俩都觉得彼此既是对手又是同谋，战斗变成了嬉闹，进攻变成了抚摸。她想到他们这次恶作剧花费了将近两个小时，她放松了自卫，当她为自己造成的后果感到惊讶，并想做出反应时，已经晚了。一种异乎寻常的震动使她不能动弹，抵抗的意志被一种不可抗拒的渴望粉碎了。她发现自己在海边的沙滩上死去，阳光在远处，在那蔚蓝色的大海波浪尖上闪烁着光芒，她把牙齿深深地陷进他的肩膀的肉里，以免从她嘴里传出忘乎所以的尖叫。

时光慢慢地流淌着，他们俩像刚从遥远的国度回来，周围的一切变得宁静而无奈，一场战争已灰飞烟灭。刘子云看见了血迹斑斑的床单后，清醒了，她才想起自己就这样躺在一个男人的身边，并把自己的第一次轻易地奉献出去了。她明白自己虽不是一个害怕黑暗的孩子，但他却已是一匹久经沙场的老马了。事情也往往让她自己失望，她不但不憎恨他，反而从心里渴望见到他，喜欢枕着他的臂弯，在他的怀里，泪雨滂沱。

清晨5点钟，蛤蟆和蟋蟀的喧闹声把刘子云惊醒，她还能听到窗外连绵的细雨在远处花园里树叶上淅淅沥沥。她也听到尹奇已经在隔壁的画室里作画了，她的心里莫名其妙地充满了对尹奇的同情。他每天要坚持作画，他要拼命赚钱，现在养活的不仅是他一个人了，他们出去游玩总是要叫车，周末的时候还要进餐馆。最让刘子云难以忘记的是在一个装修得非常豪华的饭店共进晚餐。

那是周六的傍晚，他们都很饿了，自己又懒得动手烧饭。他们就来到这家饭店。城市的灯光把夜晚装修得五彩斑斓且颇富情调。尹奇选了一个角落的桌子，他们紧挨着坐下来，身着清一色淡蓝制服的服务小姐送来了菜单，另一位小姐送来了两杯热茶。刘子云看见菜单上相同的菜比其他餐馆要贵接近一倍，而他点起菜来仍像大款一样无拘无束，潇洒中充满了脆弱的自信。她心里不免有些不高兴，想，他还是很要面子的，或者换句话说，他骨子里有一种虚荣的劣根性。

他们在橘红色的灯光下等着上菜，一边品着菜，过着富于东方情调的浪漫情侣生活，它又带着浓厚的西方色彩。尹奇的大胡子和披肩长发，吸引了不少异样的目光，刘子云更加得意，她一意孤行地喜欢一种独特的与众不同的情感，喜欢一种与这座城市、这个民族相悖的东西。她品着东方的茶，向往着西方式的浪漫，就不由自主地把头靠在尹奇的肩头，尹奇的头发、胡须很雄性地触到了她的面颊，她认为自己沉浸在一种无与伦比的幸福中。尹奇抚弄了一下她的头发和腮，说，靠吧，靠吧，这样感觉真实些。

尹奇又说，你喜欢叶芝吧，他有一首《当你老了》的情诗，我如今还能完全背下来。

刘子云坐正了，并望着眼前这位与他气息相通、朝夕相依的艺术家，她的灵魂深处却飘来另一个声音：

> ……
>
> 多少人爱你青春的欢畅
>
> 爱你的美貌，给你虚假的爱情
>
> 只有一个人爱你那朝圣者的灵魂
>
> 爱你衰老的脸上痛苦的皱纹
>
> ……

子云，你想起什么来了。尹奇在问。是不是另外一个人也替你背过这首诗，还是别的什么？

刘子云说，尹奇，你那样潇洒无拘，你还在乎我在想谁吗？我是在听你的声音，它很美；你不像一位画家，我倒觉得你像一位歌唱家，你在用一种咏叹调，唱你浪漫的谎言。

尹奇说，子云，你真可爱。

刘子云轻声说，尹奇，我爱你。

刘子云知道尹奇目前很爱她，爱她美丽无瑕的身体，爱她简单透明不时又复杂忧伤的灵魂。有一天晚上，尹奇躺在刘子云旁边，他抚摸着她，说，嫁给我吧。刘子云说，这样不是很好吗？为什么非要用一种形式来肯定或表现我们的存在呢？

刘子云在这样欢乐而自由的氛围里生活着，她真的还没想到要结婚，当她和尹奇在某些时候开始战斗，想急于爬上某种顶峰时，她只闪念过"结婚"这个词。毕竟她的父母都是很要面子的人，她也曾想过当一位孝顺女儿，她对自己说，要么父母早死，要么自杀，为了让父母多留些日子，她想过自杀，她想，她离开了父母，父母也最多痛苦一两年罢了，之后他们还照样生活。她这样想，自有她足够的理由，刘子云认为，对于父母来说，她只不过是一个符号而已，18岁就开始离开家远走他乡念书，接下来分配在离家遥远的省城，根本谈不上照顾父母，她不但没给父母带来天伦之乐，反而是父母为了她能留在省城工作，到处用钱拉关系，低三下四丢尽面子，更有损于父母光辉的事，他们恐怕还不知道，他们那美丽的女儿的第一个情人竟会是一位女子，她的同学——赵一芹。

不错，尹奇给她吟诵的叶芝那首永垂不朽的情诗，就是赵一芹无数次给刘子云背诵过的。

## 2

刘子云和赵一芹从童年开始一直生活在同一座小城市的某一条街上，她们还在同一个学校同年级念书，只是赵一芹比刘子云长两岁。她们应该是很小就相识了，但真正开始成为朋友时，还是赵一芹的一次侠义之举。

初中二年级时，刘子云在那个学校就显得有些出众，那时，她的眼睛清澈可人，黑白分明，头发乌黑发亮。她梳着两个小辫子垂在双肩，总是背一个花书包。她沉默少言，因为她的可爱惹来了一帮坏小子们的好奇心，他们一群七八个，总是在一些人少的地方拦截她，一哄而上，或是摸摸她的辫子，或抓抓她的书包和衣服，其中一个大个子男生说，刘子云，只要你愿意把书包拿给我天天替你背，我手下这些"徒儿"们都会听你的。说着，就有两三个小男生起哄来抢书包。他们看着刘子云一急，憋红了脸，一边护着书包，一边哭了，恶作剧的男生们便拍着手哈哈大笑。

这时，只听见一声："干什么，干?"窜出一个"侠客"，拧起抢书包中的一个男生的耳朵给了一拳，高个子男生赶紧冲过来，"侠客"迎上去先一蹲，将手臂伸进他的两腿之间，用力往上一掀，高个子男生便仰面倒在地上，他恼羞成怒，揉着屁股，却一个字也说不出来。

"侠客"提了提袖子说，怎么，不服气? 俺陪你再次来较量一番?

看着她这副凶猛的样子，男生们早已魂飞魄散，纷纷逃之夭夭了。

这时"侠客"过来扶着刘子云说，我叫赵一芹，是初二(2) 班的，我早知道他们不是好人。

从此之后，她俩成了形影不离的好朋友，男生们再无妄想来拦截刘子云了。刘子云强烈依赖赵一芹的心理就是从此时培养起来的。

她俩一起去看电影，一起复习功课，有时还以做功课为名互相串门，天色太晚了就不回家。所以她俩常常挤在一张床上聊天说地。

后来刘子云知道了赵一芹是一个文学爱好者，她早在小学四年级就在《中国少年报》上发表过文章，她知道许多像丑小鸭、白雪公主这样的外国童话，后来赵一芹还给刘子云讲过《巴黎圣母院》、《笑面人》、《永别了，武器》等外国小说，还会背《米拉波桥》、《当你老了》的诗歌。

刘子云想，在赵一芹的心里有无穷无尽的新鲜故事，她是一个了不起的女英雄，长大以后肯定还是一个了不起的作家。赵一芹成了她第一个崇拜的人，她想中学的老师甚至还不如赵一芹知道的多，那些一心想在路上拦截女孩子的男生们只不过是一个个不学无术的小流氓，他们有些什么用呢？连打架都打不过赵一芹。想到这里刘子云总是想笑，并更加愿意和赵一芹待在一起了，除了天天见面外，星期天几乎是一整天都泡在一起。

赵一芹实在是一位气质修养颇为优秀的女孩，除了对文学有一种执着的热爱外，她对音乐也有着独特的欣赏水平。她喜欢贝多芬的同时，也喜欢柴可夫斯基，虽然这两位大师有着十分矛盾的创作内容，她仍然对他们的《第六交响曲》怀着崇高的敬意。她喜欢贝多芬那种对生活充满强烈的希望和赞美、奋斗和抗争，对生的向往和追求，对美好事物的渴望。因为贝多芬高亢、奋进、催人向上，她在白天喜欢听。可她更喜欢柴可夫斯基的那首《悲怆》中对死亡的反抗、呻吟，和那些嘈杂不安的高潮以及退潮的叹息。在夜深人静时，她想沉浸在《悲怆》的尾声里极尽消失，精神也随着那逐渐低沉的调子松弛下去，松弛下去……那时候，她看见自己是一片落叶，在半空中飘落，她仿佛看到了刘子云的面容就藏在地面上那些众多的落叶的某一片后面，向她温柔地笑着，刘子云的红唇，宛若一朵半开的玫瑰，她想去抚摸，去亲吻……在赵一芹的生命里，也有着这样两首乐曲交织着、矛盾着，她某些时候，甚至怀疑自己是否正常，但对此种想法马上予以否定，并装出一无所知的样子，一言不发，显得深不可测。

赵一芹还记得她看到刘子云浴后的情形，那个时刻在她心里重温过无数次。

那是念高一的夏季的某一天，天气反常地热，那晚刘子云没回去，她刚去淋浴过，正赤裸着歪在床上看书。在灯光下看上去刘子云很恬静，她的身体近于透明，她的皮肤那么娇嫩，似乎一戳即破，她像一个软体动物瘫睡在那里，仿佛还有一阵香味袭来。赵一芹在那一瞬间，神志迷糊，她忘了自己是位女性，她在心里赞叹了一声。多年来，她在无数个浴室里再也没有碰上另一个与之媲美的身体了。那一夜，赵一芹睡在她的旁边，眼睛睁到天明，她一会儿慌张，一会儿惊恐，在这极度兴奋之后，她发现了一种无所畏惧的感觉，这种无所畏惧的情感让她产生了想拥抱刘子云的冲动。

正值高三快要高考时，赵一芹的一篇叫《为了告别的聚会》的散文在南方某个城市的刊物上获得特等奖。那本刊物来信说让她去参加颁奖会，并且免费旅游那座城市的名胜古迹，还有奖金。这是一个多么诱人的陷阱！这种诱人的欲望迁就了她的虚荣心，她发了疯似地陷了进去，她差不多忘了参加高考才是她的前途。

赵一芹还是去了，她是一个固执得让人绝望的人。

学校校长在全校学生大会上宣布了这一喜讯，说她为学校争了光，并号召大家要向她学习。在赵一芹的父母为女儿远行准备了行李并送她远行时，那个纯洁天真的刘子云便开始等着她朋友的归期。

赵一芹的这次远行是她一生中第一次离开父母，离开生养她的城市。在颁奖会期间，她接触了更多的让文学弄昏了头的文学青年，还见了一些当时红极一时的著名作家。

颁奖会的第三天晚上，有一个文学青年与著名作家的联欢小舞会，那是一派兴高采烈、熙熙攘攘的景象，有免费的冰淇淋和饼干点心，期间还有一位欢快、活跃的女诗人弹了一首雨点般的钢琴曲，给舞会增添了欢畅悦人的气氛。舞会中红极一时的著名青年男作家与一小姐在翩翩起舞，他们快乐的舞步使在场的人无不欢腾喧哗。这些作家能写出惊世之作，能口若悬河地演讲，能熟练地起舞，显得潇洒风光，这份显赫的荣耀无疑给赵一芹烙上了不可磨灭的印记。当一名作家，成了她一生中最坚强的梦想。

半个月后，赵一芹回来了。她的父母在家里为女儿接风，为她开了个同学 Party。刘子云那一夜疯了似的笑，疯了似的跳，活泼生动，显得比谁都开心，仿佛载誉归来的不是赵一芹而是她自己。

赵一芹绅士般地朝刘子云招了招手，刘子云便像驯服的羔羊，来到另一间小屋，赵一芹拿出一大堆礼物，说，你挑吧，只要你喜欢，你全拿走。刘子云有些受宠若惊了，她红着脸在那里选来选去，她还是只选中了那些光滑的小石头。她看着赵一芹善良地说，我就喜欢这些，其余的都给他们吧。

赵一芹就了她在南方浸染的勇气，在一瞬间里紧紧地拥抱住了天真无邪的刘子云，完成了她多少日日夜夜来向往的那个动作，在刘子云还没来得及反应过来时，赵一芹又得寸进尺地吻了她，像一个男人样粗鲁地吻了她。

刘子云生气了，是真的生气了。她身体一晃，把赵一芹用力推开，那些美丽的小石头洒落了一地。然后，她走了。

那个暑假令她俩索然无味，尤其感到难过的是赵一芹，她的心里装满了碎小的玻璃片。在家长和旁人看来，她们莫名其妙地互不理睬，只是缘于两个好朋友吵嘴罢了，然而他们多么善良和单纯，他们根本不知道在她们小小的世界里，却装满了与比这个城市更超前的东西，这些东西只要公之于众，她们便会身败名裂。

高考录取通知书来了。刘子云考上了省城的师范学院，而赵一芹则名落孙山。文学作品获奖的那些荣耀也冲不淡高考落榜的痛苦，并且刘子云再也没有来看她的意思。那些日日夜夜只剩下赵一芹痛苦的灵魂在每一个炎热的夏日里挣扎，泪水打湿了那个灾难深重的暑假。

9月中旬，刘子云要去新的学校报到了，她要真正离开这个生养她的城市，她的父母，她的母校，她的同学，还有赵一芹。赵一芹知道后，心里有一阵隐痛，她强烈地想去送行，她在心里想了无数改过自新的话，哪怕是当着众人的面，她也愿意忏悔和道歉。然而，刘子云仍然没有邀请她去参加她的同学Party。

刘子云的同学聚会接近尾声时，她仍然没看见赵一芹出现。她心里还是希望见赵一芹一次。刘子云想：只要你赵一芹真有那种男子的风度，在这里出现，说为我送行，我会尽情地主动地投入你的怀里，而赵一芹并没出现，她没有勇气，她的心已经在这个暑假里磨砺得更加粗糙，在某些时候，她有男人的气魄和风度，可她骨子里到底还是女人的天性。

赵一芹事先问好了刘子云的车厢号码及座号，第二天凌晨2时，她就赶到了离这座小城足有30公里的第一站，她是第一次这样为一个人忘命，她买了站台票，问了服务员，站在刘子云车厢可能停靠的位置。

赵一芹在那里哆嗦了近一个小时，刘子云所乘坐的列车才姗姗而来。她被列车强大的风力推动了几下，当她揉好眼睛，抬头张望的时候，她看到了刘子云那双已经噙满泪水的眼睛。她想：刘子云，你的柔情总是让我无法抗拒，你给我的是一种永远无法言清的感受。她在心里闪念了她们多年来的友谊后，终于说：你要走了，我来送你……

赵一芹这种意外的举动，无疑让那个心清似水的刘子云在去学校的列车上，用她的心血和泪水，把那些悔恨和忧伤的话，在心里，写满了她的整个旅途。

赵一芹重新在中学里复习，准备第二年再次参加高考。

这第一学期，刘子云给赵一芹写了无数封充满柔情蜜意的信，赵一芹更加倍回报。她完全是为了丰富信的内容，而逼迫自己去读那些外国名著，或那些情诗，在信里不是讲一个故事，就是抄几首外国情诗。她熟悉了阿波利奈尔、叶芝、博尔赫斯、阿赫玛托娃帕斯和库尔塞斯等著名诗人。

寒假快来临时，赵一芹强烈地盼望着刘子云的归期。她每天读信，总希望看见她回来的日子，就连只有半月的时间时，赵一芹总还觉得这个时间仍然遥遥无期，那些日子，她仿佛在坐牢，慈祥的母亲总是做些没有滋味的饭菜，讨厌的哥哥总是在隔壁房间和她那丑陋的女朋友调情，波斯猫放下她尊贵的身份，整天蜷缩在火炉旁……

那天，赵一芹终于收到一张电报单，刘子云说本月10日凌晨5时抵达。赵一芹在那个寒冷的冬天的某一天开始热烈地繁忙起来。凌晨5时，天还没亮。头一天晚上她就把闹钟调到凌晨4时。那一夜，她总是睡不踏实，一会儿就醒来，一会儿就醒来，到4点闹钟开始叫起来时，她才有些睡意。19岁的赵一芹终于有了第一次去火车站接人的体验了，而且要接的人，是她朝思暮想的美丽女子，当时，她还不想承认这种关系也叫情人。

这个城市还在沉睡，可火车站却一番喧闹的景象，来来往往接接送送的人很多。赵一芹进了站台，但她不知道刘子云在哪一车厢，因为刘子云没有在电报上交代清楚，所以赵一芹像只无头苍蝇到处乱窜，就是不知道站在什么位置上才能看见刘子云。

人流潮水般地涌向出站口，他们每个人都用围巾或其他什么东西严严实实地裹着头，这对赵一芹来讲，无疑是件痛苦的事情，可怜她在那里东张西望，直到站台上只剩下那些穿制服的服务员，她才绝望地离开，赵一芹想是不是刘子云早已回去了呢？她又马上乘公交车到刘子云所住的小院子，她站在院子门口，聆听是否有刘子云的声音，可是不用说有声音，就连一丝灯光也没有。天还没亮，寒风呼呼地灌过来，她打了几个寒颤，又一种疼痛慢慢袭上心来。

赵一芹一连去火车站等了3天，她本来还想再接下去的时候，刘子云，那个容颜依旧的刘子云，拧了一袋苹果来看她。她走上前去，毫不畏惧地拥抱了刘子云。

原来，刘子云在两天前就回来了，只不过她们像两列背道而驰的火车，擦肩而过了……

第二年夏天，赵一芹终于知道她将被北方某名牌大学中文系破格录取。7月中旬，赵一芹高考刚结束就从学校直接来看望刘子云。她住在离刘子云学校不远的小旅馆里，旅馆虽小，却十分干净清爽。赵一芹要了一个单间。

刘子云为了陪这位远方的女友，临近期末考试了，她还仍然拼命逃课。那天，天很热，她俩刚从烈士陵园回来，刘子云就一头扎进卫生间淋浴。浴后的刘子云独自躺在床上看赵一芹新近发表的那些小说、散文及诗歌。她盖着一床紫色浴巾，一头乌黑秀发瀑布般披散开来，在淡淡的灯光下温馨可人。

赵一芹发现刘子云的面色白得有些透明。

"你不舒服吗？"赵一芹问。

刘子云抓着浴巾的另一端，无可奈何地微微一笑。

"不，恰恰相反，"她说，"我从来也没有像现在这样好过。"

她刚说完，赵一芹便觉得有一阵发光的微风把浴巾从她手中吹起，并把它完全展开。刘子云也同时感到她的睡裙在神秘地飘动，她想抓住浴巾不致让它掉下去。就在这时，刘子云发现自己在一阵炫目的昏沉中升起来。浴巾也扑闪着和她一起远离了这个空间。

在那段时光中，刘子云的那些天真而疯狂的举动令她自己也吃惊。意象之中仿佛有一个教堂总在不远处海市蜃楼般出现，她像一个朝拜者，像一个无邪的朝圣者，向它飞奔而去，教堂的钟声回响在她的整个世界里，那些钟声，充满着一种神秘的力量，无处不在，就算是在人头攒动的大街上，她也能感到它强烈的召唤——

> 当你老了，头白了，睡思昏沉，
> 炉火旁打盹，请取下这部诗歌，
> 慢慢读，回想你过去眼神的柔和，
> 回想它们昔日浓重的阴影；

多少人爱你青春欢畅的时辰，

爱慕你的美丽，假意或真心，

只有一个人爱你那朝圣者的灵魂，

爱你衰老了的脸上痛苦的皱纹；

……

## 3

　　刘子云已经沉浸在流浪画家尹奇的艺术天地时，赵一芹还在北方那所名牌大学里完成她最后一年的学业。刘子云经常在某些报刊上看到赵一芹的散文或小说，刘子云便知道，在另一座城市的赵一芹还那样执著地孤独着，像一台写作的机器在日夜不停地制造着句子。

　　刘子云只写信告诉过赵一芹，她目前已有了一位男朋友，希望她不要再来找她。

　　每当刘子云和尹奇的情绪同时从某种巅峰跌落回来时，刘子云还是很柔情地依偎在尹奇怀里，但她只表面贤淑、温柔可人，内心却澎湃着某种厌倦，某种无聊的惆怅，她一遍又一遍地问自己这样活着的意义何在。

　　与尹奇相处的这半年多来，她只感觉她的整个身心像一片裸露的沙滩，一次又一次地被一阵又一阵的热浪浸过。

　　第一次的争吵也是刻骨铭心的。

　　那是一个周末，刘子云刚从她的学校来，她买了一堆蔬菜，本打算与尹奇自己动手做菜，共度周末。到尹奇的屋前，她发现一个女子刚从尹奇那里出来，她没看清楚她的脸，只发现那女子神色慌张。她心里一下子充满了醋意。

　　刘子云进了屋，她看见尹奇正在若无其事地作画，她把那些东西很重地扔在地上，让它们发出很响的声音，尹奇还是没理睬她。

她躺在床上，也一言不发，这样持续了 10 多分钟，尹奇终于说了句：怎么了，不高兴？

刚才那个女的是谁？她想挑起一场伸张正义的战争。

一个从前的朋友。

从前什么样的朋友？

你别那么过敏好不好？

我为什么不过敏，既然是从前的朋友，现在来找你又作何解释？

她要我带她去看一位画家。

为什么要你带去，她自己没有腿吗？

刘子云几乎有些失态地大嚷起来。她想，她对他一往情深，对他纯洁无瑕，可他背地里还跟别的女人有所往来，还没勇气承认，跟这样的男人有什么意思？还不如死掉。她跳起来操起一把水果刀，大叫一声，在自己手臂上狠狠刺了一刀。

尹奇看见她动真的了，扔掉画笔，发疯一样窜过来，夺掉水果刀扔出窗外，并把她拦腰一抱，扔在床上，嘴上还似真似假地忏悔：都怪我不好，她从前给我当过模特，后来跟另一伙画家走了，现在那些人都抛弃她了，她想又来找我，可她已经成了这座城市里最肮脏最烂的女人了，我不会要她的……原谅我吧，我对你最好，最疼爱你……

他用一种强有力的方式去安抚她，平息她心头的怒火，一次又一次地覆盖她，让她痛苦又让她幸福。伤口不再流血，她也似乎平静了，躺在那里像个婴儿那样单纯。

刘子云实际上是一个容易满足的人，她单纯地爱着她目前这位男朋友，尹奇的几句甜言蜜语就把她重新找回，并乖乖地躺在他的旁边，她孩子般天真地撒娇，说：别生气了，乖，我给你梳辫子和胡子。

她把尹奇的头发扎成一个马尾巴，又把他的胡子梳成无数个小辫子。争吵过去后，刘子云还像一个纯洁的天使一样爱着尹奇，而且一天比一天离不开他了。

在东郊，还有谁知道这里有无数个宁静而安详的夜晚呢？

尹奇耐心地听刘子云诉说了整整一天她学校的见闻，直到下午6点抓住了她一个错误为止。刘子云没理睬他，但声音放低了些。正在这时有人敲门了，尹奇终于怀着一线希望去开门。

进来的是尹奇的那个从前的朋友。

这一次刘子云看清了他的"从前的朋友"，那个红极一时的妓女样的朋友。她的脸还像个姑娘，但脸色黄里泛青，长着一双乌黑而忧郁的眼睛，她带着一种梦幻般的神情，这神情让任何一个心肠不怎么硬的女人来说，都足以产生同情。刘子云咽了一口口水，找来一张椅子让她坐下。她穿着很旧的麻布衣服，鞋帮上杂乱地遮着好几层补丁，手里拿着一顶仿佛是刚买来的窄边礼帽。她的胸部丰满撩人，但她又持着一种近似尊严和自制，使她并不显得卑躬屈膝。她那端庄的仪容只是由于她那双显得粗糙而脏黑的手和起了毛刺的指甲才稍见逊色。那衬衫里面的皮肤上生着垃圾场传播的那种疥疮。甚至还没来得及说话，那些令人恶心的苍蝇就飞满了整个屋子。

也许她只是感到太孤单无靠了才来这里受着刘子云铁板着的面孔，她要是有自尊心的话，早已被刘子云那种傲慢之火灼烧焦了。

尹奇在一阵沉默中显得格外狼狈，他迅速找来了好几张新近作的画，交给他"从前的朋友"，说，拿去看看哪些画廊能收购。

他"从前的朋友"用低得像蚊子的声音道了谢后，走了。

尹奇没有给刘子云任何解释，刘子云自己也并不指望，她不需要他作任何解释。她此时像一个见习修女一样一丝不苟地打扫房间，整理床铺，驱赶那些还没完全离开的苍蝇。然后一遍又一遍擦洗他"从前的朋友"坐过的椅子。

尹奇不得不忍受刘子云这些任性的、神经质的举动。刚才她还喋喋不休，现在又只言不语，一种莫名其妙的恐惧折磨着他，好像本能在告诉他：只要刘子云有"某种"念头，就能因此而毁掉他那已经觉得牢靠到足以白头到老的爱情。

尹奇，送我两张照片吧。刘子云不怀好意地说，她相信这是一种分离的先兆，她是一个容易生气的人。在这个时候尹奇应该顺从她才是，然而尹奇却有些厌烦地回答了她：

我不想现在翻箱倒柜，以后再找吧，再说我这副模样你也许早已看够了。

尹奇，你就这样对待我吗？别人没开口要的东西你却大把大把拱手相送，而我想要的东西你却不愿送给我，我难道还不如一个妓女吗？

尹奇再也不想忍受她那铁青的面孔和这些尖酸刻薄的嘲讽。他也不甘示弱地说，想当初你看上去那样纯洁和善良，不知道你何时沾染上了仇恨的恶习！

你后悔了吗？刘子云咬牙切齿地尖笑了两声。

虽然没后悔，但我已明显地感到疲乏了。

是不是刚才你"从前的朋友"用她那丰满的胸脯给你留下了痛苦的回忆？

是又怎样？

好，很好！刘子云已经站起来了。

一个女人为一位男子而发疯，这好像并不是头一次。尹奇反而轻言细语地对她说。

这句火上浇油的话，使刘子云万念俱灰，她说，尹奇，不要对自己太有信心，你以为我会为你去死吗？我只是不想再看见你这样一个令人恶心的蠢货！

她砸门而去，被抛在屋里的尹奇心里空荡荡的，刚才还硝烟弥漫的房间现在显得阴森可怕。尹奇为这些女人们感到心烦意乱，他在心里诅咒他的"从前的朋友"，为什么偏偏在这个时候来扰乱他的生活，他又在心里发誓永远不再见到刘子云这样一个心胸狭窄的小女人，他想，这种没有气量的女人不可能与艺术家同日而语。

尹奇还算清醒的时候，去不远的小卖部买回一箱啤酒，他想醉倒，醉到这世界变了样才醒来。他没有想到那个当初纯洁善良的刘子云原来是这样残酷和恶毒。他醉了，昏睡了过去。

刘子云径自回到学校宿舍，整整一个晚上她在床上这一头到那一头翻来覆去睡不着，忿恨地痛哭着。然而，睡醒之后，她不得不为自己感到沮丧——她不但不厌恶尹奇了，反而产生了一种迫切想见到他的不可遏制的愿望。一个星期过去了，她的这种焦渴之情愈发强烈了。到了星期六，她更是心急火燎。

晚上，她果然在大华电影院门口发现了尹奇，他在向她招手，她使足了劲才没让他看出她的心跳出口来，她既快活又恼恨，这种杂乱的感觉把她弄糊涂了，第一次她向他伸出了手。他们手拉手迫不及待地直奔东郊尹奇的家，她毫无抗拒、毫不羞耻、不拘形式地委身于尹奇。她的天性流露得那样自然，她的本能表现得那样灵巧。他们一拍即合，心照不宣，他们像刚从牢里释放的囚徒在相互消除饥渴而努力战斗。

你不会再看到苍蝇了。尹奇极力讨好刘子云。

Why？

那个"从前的朋友"不会再来了。

Why？

她被一个商人收留了。

Why？

商人是个鳏夫。宝贝，我们以后不要再生气了，好吗？

好的，宝贝。

她也曾善良和纯洁过。尹奇又说。

刘子云在心里深信不疑：世界上每个人都善良和纯洁过。

第二天，尹奇去商场给刘子云买了一条藏青色的连衣裙，以纪念他们的和好如初。

爱情又重新笼罩着他们俩。尹奇常常摘抄些无头无尾的诗句来表达自己的爱情，他有时把诗写在他的一幅素描的背后，通过邮局寄给他的心肝宝贝。有时信纸是带着桂花香味的，有时还别出心裁地寄给他一两枚旧书签，或者一片白玉兰变得枯红的花瓣，有时甚至还会在一片银杏树叶标本上找出些只有刘子云才能读懂的句子。

真正的爱情使画家尹奇变得腼腆，变得细致，变得浪漫且柔情蜜意。刘子云也养成了每天一面看书阅读教材、一面倚在窗畔等待着情书的习惯。他们都暂时忘记了曾经反目时的争吵，和那些伤人的恶语。

一天下午，刘子云穿着衬裙，光着脚丫，披散着头发，正在她自己的单身宿舍里清点尹奇寄给她的礼物。尹奇在全校教职工众目睽睽下敲开了刘子云的门。

她热情地让他进了屋，并上前去踮着脚尖紧紧抱了一下他的腰，说，你来了。她很清楚他来的目的，那种深藏在他内心深处的，但刘子云一眼可以识破的目的。

我来是想念你，我要爱你。他说。

她没提出任何异议，就把他带到床上，解下了蚊帐和布帘。

他吻了她的耳朵和脖子说，你不知道我有多爱你。她回吻了他的脖子和他那宽厚平坦的胸脯，并母亲般温存地说，我的孩子，我也爱你。他胸有成竹、镇定自如地带领着她共同越过了痛苦的悬崖，他亲眼看见他心爱的刘子云变成了一片无边无际的沼泽，并闻到了一股蔷薇花的芳香。当他从沼泽地中依依脱身时，他眼里充满了泪。刘子云也筋疲力竭，喁喁地说，别哭，孩子，这不是为了告别的聚会。

渐渐的，刘子云教书的学校的同事们大都知道了她跟那个不务正业的流浪艺人勾搭在一起，而且还没有要结婚的意思。这是教师职业道德所不允许的。一位过去一直对刘子云很看重的副校长亲自找到她说，孩子，你让我们很失望，你现在还来得及离开他。

刘子云完全进入一种混沌状态。要离开尹奇不是一句简单的话就能解决的问题，如跟他结婚长处下去也不是现实之举。她几乎对生活已经绝望，找不到一种两全的办法。

她仍然在周末的时候住到尹奇那里，这种屡教不改的大逆不道之举，已让学校这种正统教育单位所不能再次容忍。她的父母被学校很客气地请来了。

只是她那善良而可怜的母亲说，怎么能这样呢？学校实在要开除的话，子云还是跟我们回家过吧。

父亲说，不行，我不愿认这样的女儿，我没养过她！她跟我们回家，只能让我们在家乡人面前无地自容。

母亲在一旁伤心地痛哭，她那奔腾的泪水，仿佛就要汇成滔滔黄河。

校长说，你们也别太在意，还是先回去吧，处理的意见我们会通知你们的。

刘子云对父母绝情的行动并没有相应的反馈信息，对学校一派正人君子的样子更是漠不关心。她仍然自视高傲，在那具有首创革新的精神下，使爱情也改变了传统的形式。

星期五那天，清晨天气温和，下着雨。刘子云喝着尹奇为她准备的热咖啡。

现在我身边有很多陷阱，爱情的，金钱的……刘子云说。

那让我去检验一下它们都是不是真的。尹奇说。

过了好长一段时间，刘子云才没精打采地给他说了一个故事：

一个人在湖边钓鱼，他忙来忙去，总发现他钓的鱼在不知不觉中少去，他没空去数它们。猫说，先生，让我给你数数吧，看看它们是不是真的在减少……

那位先生说什么了？尹奇饶有兴致或是怀着一种迫不及待地心情来探根求源。

刘子云告诉他：那位先生说，数吧，亲爱的，谁让你是我的猫呢？

尹奇和刘子云心照不宣地大笑起来。

接着刘子云试探着对尹奇说，怎么办？我们现在分手吗？

尹奇忽然觉得两膝发软，全身一阵颤抖，他模糊地感到，自己到底还是掉进了一个困境。他想，如果跟她结婚的话，他将一事无成或许只能是一个默默无闻的绘画工作者，并以此手艺来养活他俩，或者还有孩子，多年以后，他肯定只是一头幸福快乐的动物，脸上刻满皱纹。他不能这样生活，坚决不能，这样只能埋没了他。

他回答说，先分开一段时间吧。

他这句模棱两可的话，狠狠刺伤了刘子云，她被一种剧烈的疼痛镇在那里，她不像以往吵嘴那样冲动、幼稚。一瞬间，她反而平静了，她像从头到脚灌了铅似的沉重，她想自己那么多日日夜夜付出的情感，都毫无意义。

刘子云想，真的要分手了，这一次的裂痕不再是因为有一个女人来插足骚扰，而是因为尹奇本人，她的生活伴侣不应该是赵一芹，也不应该是尹奇，他们只是她精神生活的某一部分。他们的天性里都暗含着与这个时代，与这个民族相悖的东西太多，他们既没有时代感，也无责任心。就尹奇而言，一个"从前的朋友"走了，还会有无数个"从前的朋友"生活在他的周围，虎视眈眈，威胁着他们的生活；有一个刘子云和他同居生活就还会有第二个刘子云伴在他身边……他这类所谓的艺术家，比别的男人更爱好喜新厌旧。刘子云这样想着，她反而不冲动，不忿恨，不暴跳如雷，她想，她需要在另一个城市来怀念尹奇，怀念她付给他的那些朴素的爱情，那些欢乐，那些泪水，那些鲜血，那些像孩子一样无邪的喜怒哀乐，她要用尹奇所希望的那种别离的方式来爱他，来让他生活得更自由……她再一次坚定地想，这一次是真的要分离了……

刘子云说，尹奇，我们都是以自己的方式而活着，我行我素，互不打扰，其实我们都想用一种远离的方式怀想我们理想中的爱情，去怀念那些我们应该怀念的日子。

可尹奇并没有在意他这个喜怒无常的女朋友的话。

后来的几天时间里，刘子云还在心里一遍一遍地说，我爱他，我爱他，以一种最纯真的情感为他付出，就算结果是分离，也将使我永生难忘。

她曾经用一种崇高的心情怀念过与赵一芹在一起的生活，她相信她也将会在不久的将来用同样的心情来思念她和尹奇生活过的日日夜夜。

刘子云没有面子再回到学校教书，也没勇气回家去见父母，她想，对父母来讲，她终于连个符号也不是了。她写好了一封信，想通过这座城市的某一个邮筒寄给尹奇。她打好行装，托运了一些书和被罩，她估计尹奇收到她的信时，她已经起程了。

要离开这座她生活了 6 年的美丽的城市时，她选在了晚上。

那天的夜晚来临得特别迟，她又一次来到和尹奇初次见面的艺术学院，她在里面晃悠以此等待时间的消磨。艺术学院的学生们也偶尔成双成对的亲热地从她身边走过，犹豫像冰针一样穿透了她的心，她手里捏着那张单程车票，和那封写给尹奇的信，手心里出了汗。

有一个声音从远处飘来，你怎么了？

我撤退了。刘子云说。

那个声音又慈祥地关爱了一遍，你要准备到哪里去？

她做了个模糊的手势，似乎她自己也不知道会在何处落脚。

开车的时间快到了，刘子云把信丢进路边的一个邮筒里，撒手之间，恍若送走了一个世纪。

尹奇读到刘子云的那封信时，他才知道，他永远失去了一个他心爱的，也热爱他的女人。

尹奇：

你好吗？我写信的此时，你也许正在作画，几十分钟前，我们还在一起。

我不知道这封信什么时候才发出，但这种心情却早已有了。每一次相聚的欢愉及小别的伤楚都一样深深刻写在我的心头，很小的一个举动，不经意的言语都无不牵扯着我的情绪。这样去爱一个人，也许在小说里、舞台上并不鲜见，可对我来讲，它是容易且真诚的。我可以不在乎东京地铁投毒事件，不关心美国总统竞选，也不关心国内外股市行情变化……我放不过你的一个轻微的叹息，容忍不了你哪怕玩笑的不屑。所以你累，我也不轻松。我对你说过，我是一个小女子，摆脱不了世俗的私心杂念。我相信爱情对你来讲算不了什么，它可是一个普通女人一生中最重要的东西。

你说过，真正的爱情永远不会再光临你了，但我给你的那份感情在多年以后，你或许还会偶尔想起。

我现在没了工作，也失去了父母，我抛弃了我生活过6年的城市，还有我的信仰、我的荣誉和地位，我用它们换来了什么？换来了一个千古教训——一切都毫无意义。

我已失去了想要跟谁结婚的欲望，只偶尔有一种想为谁而死的冲动。尽管如此，我还常常想起你来：你放下画笔做菜的样子，你唱歌跑调的样子，你的微笑，你那让我梦系魂牵的飘飘长发，还有那茂盛的大胡子……它们都将随时光流逝而远离我，但只要我活着一天，我就会在另一个地方用一天的时间想起它们，也许还有那些争吵，那些眼泪和诸如此类莫名的忧伤。

东郊是一个宁静而美好的地方，它远离城市的喧嚣和嘈杂。那里的夜最迷人，最让人难以忘怀。也许是我们太繁忙太劳累而觉不出它的珍贵，我们真的需要冷静一段时间，我相信你也爱过我，可我已明显地感觉到过去的日子已不复返了。

分别是最终的结局，还是让我们早一些挥挥手，说声再见，给那即将来临的阵痛一个挣扎的空间。

不要找我。当你收到这封信时，我已离开了这座城市。好好追求你的事业。

忘掉她，那个不值得让你留恋的人。

刘子云

# 4

刘子云来到南方的一个开放城市，她用她的师范文凭作向导，当上了自由家庭教师，她租了两间房子，就靠自己当家教的收入来养活自己。

刘子云刚刚生活在这座城市时，那里的一切并非都让她称心如意。开始的时候，面对她的是一个完全陌生的环境。首先，她要战胜自己。那么多夜晚如此的平静，黑暗也不会让她无动于衷的。她在黑夜里回忆着与尹奇的情爱生活，回忆他们在一起的每一个周末，每个细节，那些让她欢乐的夜晚就这样像秋蚕一样啃噬着她的心肺。她甚至想到再次回去，哪怕是以名誉作为代价。

一天直到凌晨1点，她内心仍然躁动不安，她像一个夜游的病人，怀着因思想或孤独而产生的剧烈的疼痛来到附近一个公园里。公园虽然很大，但树荫下到处有人的响动。她好不容易找到一个石头靠背椅，刚一坐下来，她就发现不远处还是有一对情侣，他们热烈拥抱和绘声绘色的情爱表演让她再次感到她脆弱的意志难以渡过难关，他们的每一个动作、每一个细节都似乎曾发生在她的身上。此时，她脆弱的心脏、脆弱的意志承受不住她对尹奇的渴望。她又一次想回去，她坚定不移地站起来，朝火车站的方向走去。

在一个高大的电线杆旁，依傍着一个衣着入时的女人。刘子云在心里开始莫名地紧张起来，走近一看，她看见那个时装丽人深抹着鲜艳的口红，在幽暗的灯光下闪着寒光，她突然明白了这个女人的身份。她神经质地想起了尹奇的那个他"原来的朋友"，刘子云甚至想到那个朋友并没嫁那个鳏夫，或者她终有一天会被鳏夫抛弃还会来找到尹奇的，而尹奇本人是一个心地善良而多情的艺人啊！刘子云的心里流着血，她仿佛还听到了心脏的炸裂声，还看到血光泛滥的灵魂在那里垂死挣扎。她又一次否决了刚才的举动。她在心里默默地重复了好些遍：尹奇，分别的痛苦是短暂的，你需要自由，你现在已经拥有了自由；好好生活吧，上帝知道，我会相信你的。

刘子云虽然没背上十字架，她的心却开始在孤独的荒漠里游荡了，她在那种真正的沉默中一点点地成熟起来。

那个夜晚，她还是步履沉重地回到了她的住处。白天的来临总让她充实些，让她有了现实感。

为了找到合适的家教，她在晚报上登了一则广告，最后她选择了离她住处较近的四家。一周里每一家去两次，每次两小时。周六、周日多是白天去，其余时间多是在晚上，因为每小时的酬金为 15 元人民币，因此她每个月的固定收入也很可观。

她几乎有一个习惯，无论在哪一家家教结束后，她收拾东西就像她给孩子们讲解一样慢，一样仔细，一样繁复而有条不紊。然后又坚持不懈地步行回到她的住处，她这种孤独的习惯举止毫无其他意味，而只是她一种打发时间、消化食物的方式而已。

一天，她正走在一个小巷的拐弯处，一辆黑色的奥迪车擦着她的身体戛然停下来，她吓得气都透不过来，她侧头看见了司机那双忧郁的眼睛。司机是她家教中最富有的一个男老板，叫甲先生，应该说，至少表面上看去甲先生的家庭很和美，妻子很漂亮，是复旦大学国贸系毕业的，在一家国际贸易公司供职，而甲先生是私营企业老板。他们拥有大套、两层的别墅和一个 12 岁的男孩。刘子云教他们儿子新概念英语。

当心。她叫起来。

我只想送送你。甲先生咕哝着。

哦，那好，她说，不过以后开车得当心点。

刘子云坐上了黑色奥迪车。她几乎对这个甲先生毫无邪念，但她身上有一种气息，一种窒人的气味，却使甲先生心慌意乱，而且想入非非。很快就到了刘子云的住处。

我来帮你拿东西吧。甲先生低声说。

就几本书，我的两只手就够了，谢谢你的好意。她说。

不让我进去坐坐吗？甲先生恳求说。

好吧。她犹豫了一下还是同意了。

她的住处的确不能与甲先生金碧辉煌的别墅相提并论，只因为这里住了一位神秘的单身女子而让甲先生好奇。

刘子云很有礼貌地让他进了屋，甲先生颇有修养地浏览着刘子云橱上的大量书籍。刘子云给他烧了一杯加糖的咖啡。甲先生竟然用了整整两个小时诉说他婚姻的名存实亡。他一面赞扬他妻子才貌双全，可也承认妻子并不爱他了，他们维系的只是一个徒有虚名的婚姻，儿子是他们生活中唯一共同的话题。后来，甲先生几乎眼泪汪汪地向刘子云求婚。他说，只要你愿意，我马上就离婚。

刘子云异常冷静地听他倾诉完了之后，就真心实意地告诉他，他的话是徒劳的，她不可能跟他结婚。并旁敲侧击地奉劝他再也别来找她，她只是一个职业家庭教师，而不是心理医生，也不是救世主。

甲先生一阵眩晕，原来，很长一段时间来，他感觉到刘子云的眼睛里、身体各部位所流出的那种忧伤的、神秘的气息，并不是一种渴求爱情的气息，而是一种令他致命的失败的气流。他低估了这位单薄而神秘的女子。那种神秘的失败感像灼热的铁一样永远地烙在他的自尊心上了。

刘子云重新再换了几个合格的家教后，搬了一次家。从这

情感一种

座城市的某条巷子换到另一胡同。她辞了甲先生的家教。

她深居简出，清心寡欲，还是为了她心目中的一种信仰。那种信仰只可意会。

她习惯了她自己制造的这种生活后，就开始调节自己的一些活动。首先，她又开始和赵一芹通信了，告诉她自己的近况及那次勇敢的出走。周末还去茶庄品茶，偶尔观看一些大型演出，也逛书店和商场。还给母亲寄了些钱回去，给那位与女儿失去联系一年多的慈爱的母亲一个惊喜。

离开尹奇两年以后，刘子云知道了一些关于他的消息。

据说刘子云离开尹奇后的那段日子，他曾发疯似地跑到她的学校找领导算账，要学校把刘子云还给他。后来学校根本不理睬他，他就砸了学校的门，而被学校校卫队关了一天后，驱逐了出去。他几乎找遍了那座城市的每个角落，问遍他们俩所有的熟人和朋友，都丝毫没有刘子云的消息。那时，他才深信不疑，刘子云真的不在这座城市里了。

接下来的日子，尹奇是在孤独和贫困中度过的。失恋使那个目光锐利、喜欢天马行空、热爱绘画的他变得沉默寡言，他剃光了刘子云喜爱的飘飘长发和大胡子，甚至连眉毛都没留下。他仿佛脱胎换骨了，他的脸渐渐地冷漠、灰暗，原本色彩鲜明的双眼就像囚犯一样，开始疑心重重地试探着外界，同时，流露出苦恼的神色。他对现实生活不信任，他的脸为痛苦所扭曲。

尹奇还一度借酗酒来麻醉自己，企图从中获得一种潜意识，以调动自己的全部能量，进入一种最可宝贵的、忘我的创作高潮中去，以此忘掉从前的记忆。他常在酒后拼命创作，其疯狂的速写常常画满他的速写簿，可他的那些速写和素描，有时连50元钱都卖不出去。

他认为艺术是悲哀和痛苦的产物，爱情也是这样的艺术。

当他认为已经无法拯救自己时，他选择了出国，他只身去了美国。开初他在加州某所大学里旁听，可他还是缴不起学费，他又不得不去替人扫地，尽管这样，他还是不停地收到许多逼债的单子。后来，他参加了在加州的一次盛大的画展，并在一次行为艺术中不幸撞车身亡。

刘子云听到尹奇的死讯后，也曾暗地里痛不欲生过，她曾无数次在黑暗里对尹奇说，尹奇，你或许是怀着无限哀愁客死异乡，你的坟墓虽然在遥远的加州，但那只是一种幻影，你的坟墓就在我的身边，很多早上醒来的时候，我还感觉到你刚刚起身出去，你没离去，你没走远，你正在另一个房间作画，为了养活我们而不停地作画……我那一滴滴悔恨的泪水，就是哀悼你的洁白的山茶花……

黄昏来临时，刘子云怀念的总是尹奇，而不是赵一芹，她差不多快把赵一芹淡忘了。

刘子云和赵一芹的最后一面，是尹奇去世的第三年，刘子云还没有从那种悔恨的意识中摆脱出来。

赵一芹来这座城市是为了要参加一个颁奖会的，她又一次获了大奖。这些年来，赵一芹再也没有别的情人了，她也背叛了她的家庭，一个人在北方某座城市里孤独地写作，以文为生。她仍深信她的精神世界里有一种崇高的感情存在，它不以人们的世俗观念为转移，它存在于与这个世界平行的另一个时空。

赵一芹把刘子云约到一家咖啡厅里喝咖啡。她对刘子云诉说着这么多年来的积怨：子云，我还像 17 岁那年一样向一个我爱过的人深深致意，我希望你幸福，你要相信你是我活下去的动力，写作的源泉，只要我活着一天，我都将不会停止忏悔我给你带来的伤害——子云，要是有某一种值得我牺牲的事业和信仰可以使我不拘于爱情，使我能忘怀那些岁月里一刀一笔镂刻的印记，我愿意为它们付出，以生命的形式。

刘子云几乎泣不成声，离开尹奇这些年来，她几乎才第一次想到要大雨滂沱般地流泪，以此来减轻这些年来心中的怨恨和委屈，她似乎又坚强起来……芹，别说了……我不会跟你到北方去生活的……我祝贺你的作品又获奖了……你终于成名了……可是尹奇……尹奇，他既没成名，也没有了生命……离开他的那时，我也早已一无所有……

她们就这样面对面、手握手在咖啡馆里对白，但她们之间仍像隔了一层钢化玻璃，互相看得见，却谁也走不进对方的世界。赵一芹明显地感觉到过去的时光和她所谓的爱情已一去不复返了。疲惫的赵一芹发出了一声沮丧的长叹。

一星期后，赵一芹回到北方那座城市，重新开始写作，可是在这之后整整一年时间里，写不出一个亮丽动人的句子来，那些美丽的故事和奇思妙想如今都已枯竭了，她整天感到困倦疲乏，她不想再写作，她只需要一个倾吐衷肠的角落。评论界的批评家们却永远不知道赵一芹江郎才尽以至于她后来的自杀，均缘于她与刘子云的最后一面。

好几年以后，刘子云还没忘掉赵一芹寄来的绝笔：

子云，我们的聚散像一根弦，它很多时候被拉得紧紧的，能拉出无限的幻想和故事，有时却也能突然之间被拉断。我已经习惯了被拉断，因此在这个清冷的晚上，我可以抛开诸多不利因素，以一种异乎寻常的心情听柴可夫斯基的《悲怆》，这时候，我像生活在社会边缘的悲剧人物。我想，我虽然错过了美貌年轻时代，但我首先看到了人生，那种无法逃避的人生……

看到赵一芹的信，刘子云想起尹奇画室里的骷髅，一种疼痛闪电般地流遍她的全身，尽管她对死亡已经不再陌生了，她还是感到了这种隐痛的力量。她想：那些不该早死的人，一个个都慌不择道地走了，她最早想到自杀，可现在还索然无味地活着。

39岁生日的晚上，刘子云在大街溜达着，她发现每个路口都有玫瑰花摊，原来她的这个生日赶上了情人节，这个洋人的节日，几十年前被批发到中国来，被中国的年轻人一代又一代地过下去。

身边一位长发飘飘的男孩子，正在给他小鸟依人般的女朋友买玫瑰花，刘子云想起尹奇，只可惜这个男孩子没有尹奇那粗黑茂密的大胡子。她漫无目的地走，晚上11点半，街头上人影稀少，她重新回到那个路口，卖玫瑰花的老太太正在清点那些剩下的玫瑰，刘子云不由蹲下去，选了一朵枝叶破碎、半开的玫瑰。

我想买下这一枝，多少钱？刘子云说。

10元，想送给谁呀？老太太问。

我自己。

那就8元吧。

老太太的怜悯使刘子云的心情更加黯然哀伤。她拿着那朵爱情花不知要送给谁，在这个世界上再也没有她可值得牵挂和怀念的人了。

刘子云回到了她那间冷清的屋子，难以入睡。她感到自己衰老了，消殒殆尽，感到离开那一生最美好的时光越来越远，因此，她甚至留恋她记忆中最不幸的岁月。她那颗尘灰板结的心，经受过现实生活的频频打击而从未摧毁过，此刻，却被怀念的第一阵涌潮冲垮了。她需要感受这种忧伤，随着熬人的岁月的流逝，这慢慢变成了一种恶习。

她想：夜又一次来临了，大江还在不远处流逝，时光消逝了，而我还在这里。

在孤独中她的性格变得温和了。她想这就是她 39 岁生日的这一个夜晚，她居然能够既无痛苦，又无悔恨地回想那些往事。

她第一次在梦里看见了尹奇，他仍然长发飘飘，满面胡须，她还枕着他的臂膀，像多年前一样。

家里挤满了孩子。

1994 年南京

# 圈　套

我有过钢琴家教的体验，时间很短，只有几个月，整个过程却耐人寻味。

那是 1996 年 8 月，我刚从南京大学毕业来到广州不久。我像所有来广州寻梦的大学生一样，过上了最初的流浪记者的生活。经朋友单世联的推介，我到了文化参考报社当编辑记者，由于是周报，有时还因为经济原因不能按时出报，工作十分清闲，收入自然很少，月薪只有 600 元，我的男朋友韦在企业文化报当编辑，月薪也只有 1000 元，他偶尔写写小说，挣点稿费。但我们的生活仍然十分艰苦，刚开始的几个月，我们买不起家具，买不起厨房用品，就只好和别的友人在石牌村合租了一套一室一厅的民房，我们出的钱少，就住在厅里。

为了让日子过得好些，我有了兼职的念头。因为我有过两年教成人钢琴的经验，我打算做钢琴家教，得到韦的赞成后，我们去找了当时在海外市场报工作的韦的朋友诗人南岛，他帮我在他们报纸的中缝登了一条免费广告，我的单位规定不允许兼职，我只好留了韦单位的联系电话。

第二三天韦就告诉我已有四五个雇主来电话询问，其中只有一个是成年人，是位男子，因为我不希望"误人子弟"，只想把这份工作当成娱乐，所以我放弃了教儿童，选择了教成年人，韦将那个成年人的寻呼机告诉了我。

第二天下午，我与雇主联系上了，我想先看看他的钢琴，所以初次见面就选定了去他家，为了方便我，雇主答应亲自来接我。

这是一个不穷的雇主，他是开着黑色奥迪私家车来接我的。他把车停在离我的报社不远的街边，再用手提电话通知我下楼来。等我坐上车后，他作了简单的自我介绍，他叫吴东东，是某外企的中方代理。他来替我打开车门时，我发现他的身材不高，估计只有170厘米高，精瘦，皮肤晒得几近古铜色，穿一件土黄短袖T恤衫，看上去挺结实，但精神面貌不佳。在车上，因为不熟悉，我极少说话，他也不问我，只管开车。

他的车驰入天河东的一处住宅区内。这里环境很好，一大片绿油油的草坪让人心旷神怡，草坪中间有一些人为的五彩碎石小径，还有几棵芭蕉树，迎风而立，让这个小区显得南方味十足。吴东东在第五幢楼前让我下车等着，他去停车。我站在夕阳里等着雇主吴东东，我对这儿的印象很好，它让我有一种置身于远离城市喧嚣，来到了热带乡村的感觉。

吴东东领我上了四楼，他打开了401室的防盗门，再打开了木门，一股闷热的味道迎面扑来。这里显然已许久没人住过了，客厅里的红木茶几上扑了一层厚厚的灰，木质地板上也满是灰尘。他一面开了空调，一面用鸡毛掸子扑灰。客厅里的雕花吊灯告诉我这两室一厅的居室曾是豪华装修。

我一眼看见一架立式珠江牌钢琴就摆放在正对客厅的房间里，我马上走了过去，房间里还有一个书橱，散放着一些书，也沾满了厚厚的灰。我从钢琴盖上拿起一本琴谱，把琴凳、琴盖上的灰扑掉，坐了上去。

这套精致的房子散发出一种神秘的气息，让我有了些莫名的紧张，我心里在猜测这房子是干什么用的，有谁住过，现在为什么空着，这个吴东东会弹钢琴吗，他是真的为了学弹钢琴吗。我的双手在打开琴盖的钢琴前迟疑了一下。

我先来了一些音阶练习，活动手关节，再来几首练习曲。为了让雇主明了我的水平，我一口气连续弹了《致艾丽丝》、《少女的祈祷》、《童年的回忆》和《给母亲的信》等几首我熟悉的曲子。

"你歇一歇吧。"他终于开口说话了，"我不需要弹那么复杂的东西，我只想能弹些流行歌曲就行了。"

我内心紧绷的弦松了些，我想这样的要求正合我意，因为我教了一个在弹钢琴上与我志同道合的人。

他问了我一些简单的问题，诸如什么时候来广州的，从哪所大学毕业的，他听说我刚从南京来，他就告诉我南京也有他们的分公司。然后他问我怎样收费，我说一般的钢琴家教是每小时80元，但我不是科班水平，只收50元吧。他笑了，说，80块就80块吧，我一定不会赖账。我也忍不住笑了，因为我想到自己终于也成了一个讨价还价的生意人。我心里明白他同意雇我了。

然后我们约好从下次开始学，从单手弹教起。

接着，他说，今晚我请你吃粤菜。

我连忙说，不好意思，我已约了朋友。

他说，那可是真不巧，那么下次吧，那……我开车顺便送你去。

我迟疑了一下，没回答。

他就说，我把你送到街边，不会闯进去的。

我的确和男朋友韦约好了去单世联家吃饭的。吴东东执意要送我，我也同意了，我给男朋友韦打了个电话，要他20分钟后在农林下路与东风路交界的路口等我。

吴东东送我到了目的地时，我让他把车停在羊城晚报社门口，我自己走过去。我下车后，吴东东的车一溜烟地开走了。我远远地看见男朋友韦在路的对面等我。

我估计韦看见了雇主的车，没等我向他汇报，他就笑着说，我猜是个有钱的雇主吧。

我说，是的，好像不穷，你放心，他缴得起学费，而且我感觉他人也挺好。

男朋友韦好像也就放心了，不再问我什么。

第二次见到吴东东是第二个周末。他又是开车来接我的。这回吴东东穿了一件君子（J．Z．）牌白色 T 恤衫，蓝色牛仔裤，虽然看上去挺顺眼，但，他的皮肤更显得黑中带红。应该承认，吴东东具有成熟男子的所有优点，我对他有了些许的好感。

他的房间变得比第一次来时干净，他开了空调，空气中还有一丝丝柠檬的清香。

我坐在钢琴前对他说，今天我给你弹一首左手练习曲和一首右手练习曲，你先看好，这个星期你就练，等我下次来时你就要熟练地弹给我听。今天再给你说一些乐理，先从五线谱认起，这样不用半年你就会弹流行歌曲了。

他很解我意，左右手练习的指法他很快就掌握了，只欠连贯，多练习几遍就流畅了，对五线谱的认识他也是点到就会，仿佛那些音符早已生长在他的心里，只是现在才把它们唤醒。

大约一个小时过去了，吴东东说，你歇歇吧，我去拿些冷饮来。

对这样一个过分聪明的"学生"，我的心里又开始了不平静，我想，看样子吴东东不是不会弹钢琴，乐理也不差，如果他只想达到能弹流行歌曲的水平，现在就可以了，那他还要学什么呢，他到底要干些什么呢。想着想着，我心里就开始害怕，我的手心里开始冒汗了，连吴东东何时进来的我都不知道。

他见我坐在那里发呆，就问，你那么专注，在想什么呢，看你热得头上都冒汗了。他递给我一张带着清香的面巾纸，说，搽搽吧。然后又给了我一瓶冰冻的豆奶，长长的瓶颈里插了一根红色的塑料吸管，说，这么热的天，又劳动了这么久，口一定渴了，喝瓶豆奶吧。

我犹豫了一下还是把那瓶豆奶放到了钢琴盖上。他对我晃了晃他手上的豆奶瓶，补充了一句，豆奶是新鲜的，今天上午来打扫卫生的阿婆才去买来的。

我仍然不喝，也没说什么，我在钢琴上乱弹了一气，我想谁敢相信你吴东东不放什么药害我，在我没有完全相信他之前，我像一个烈女一样想，我坚决不喝他家的一滴水，不吃他家的一口饭，我宁愿渴死，宁愿饿死。我又满怀心事地弹了几首眼下流行的港台歌曲。

吴东东见我一言不发，也不再勉强我喝他送来的新鲜豆奶，他一看就明白了我的心思，只见他哈哈大笑后说了些别的话，又问了些我上班的情况。

我告诉他，我的老总是个老太太，对我们要求十分严格，不允许我们兼职。

他就问，既然这样，那你为什么还要兼职呢。

我说，因为我刚毕业，没有积蓄，工资又低，不够付房租，所以我要兼职挣钱。

这时他说，要是你真的很困难，你可以先住在我这儿，我有好几套房子空着，这套房已有一年没人住了。

我一听心里更纳闷了，我不是在暗中庆幸自己遇到了"雷锋"式的好人，而是想，也许我遇上了麻烦，一个不小的麻烦。

我见两个小时的钢琴课时间快到了，就对他说，对不起，时间到了，我要走了。我怕他又要说请我吃饭的话，就赶紧说，我约了朋友去我那儿玩，我得准时回去。

他说，我本来想请你吃广东菜，看来又要等下次了，好了，我开车送你回去吧。

我忙说，我住在石牌村的一个小巷子，车开不进去的。

他又哈哈大笑，说，我把你送到路口就行了，反正我有车，是举手之劳，你真是一个可爱的小妹妹。

为了让我自己显得光明正大些，我故意想幽他一默，我说，从你几次哈哈大笑的底气来看，你的肺活量很大，你可以当歌星了，不是通俗的唱法，而是美声，学钢琴是浪费了。他又哈哈大笑了一番。

晚上回到住处，男朋友韦已烧好饭在等我，他烧了回锅肉，醋熘大白菜，和西红柿鸡蛋汤。我想也许吴东东要请的广东菜比这排场，比这菜味美，但我现在吃得格外安稳和香甜。

夜里，为了不影响同住的朋友，我们在客厅的钢床上小心翼翼地缠绵，男朋友韦在他把持不住的时候，还是尴尬地弄响了床，过了一会儿，他见同住的朋友没有反应，他便抱着我的肩说，现在，我最想有一间属于我们自己的空间，干我们自己喜欢的事，我们唱歌，欢笑，大声嚎叫，我们亲热，我们吵架，我们随心所欲，而不用担心影响别人；接着，他又说，我要赚钱，我要买自己的房子，所以，我不仅要写作，得大奖，成名，还要兼职。然后，他又对我说，如果你觉得教钢琴不丢面子，那你也去赚钱吧，但我不勉强你。

我说，你别为我操心，教钢琴是我自愿的，我自己也很喜欢这份差事，你放心好了，我们要有难同当，有福同享。我怕男朋友韦替我担心，我就没有告诉他我钢琴家教的潜在的危险。

我想，目前我们有时间，我们有干劲，我们年轻，我们有精力，我们缺的是钱，只要能用我们的劳动挣钱，我想我们干什么也不用怕。

我与吴东东的第三次见面，让我改变了对他的看法。

星期六的下午，吴东东还是开着他的黑色奥迪车来接我的，那天很热，我自己在街边超市买了一瓶矿泉水带在身边。

他看见我在喝自己带的矿泉水他又哈哈大笑。

他真的很用功，上次布置的左右手的曲子他弹得很流畅，对五线谱的视唱也表现得很天才。我想，现在算有些熟悉了，我可以问问他的底了，也务必要问。

我殷勤地笑着，对他说，从你的职位来看，你应该很忙，你不会因为学弹钢琴而放弃了你的工作吧。

他说，我不知道你是在表扬我呢，还是在讽刺我。

我说，我当然是在表扬你，你弹得太好了，大出我意料，我以为你把整天的时间都用来练琴了，而放弃了工作。

吴东东又用美声练唱般地哈哈大笑了一番，说，你真会说话，我有差不多一年的时间都不曾像这样开心地笑了，你现在开始对我的生活感兴趣了吧，我会告诉你我的故事，只要你不反感。

我说，我哪有那么讨厌，其实，对你的生活我并不感兴趣。

他说，除非我自愿讲给你听，是吗。

我说，不全是，如果你的生活中有些不如意，你想找个人一吐为快的话，我还是愿意洗耳恭听的。

他又说，你是一个聪明的女子，我真希望跟你交个朋友……那种可以说说话的朋友。

我没有说行，也没有说不行，也许有第三种结果。

我对他的生活的确有了兴趣，童年时的好奇心没有随我的长大而减轻，它像我记忆中的一个埋藏很深的毒素，随时都可以来袭击我一下，对这个吴东东，我又开始了不动声色地观察，初次见面时我还以为他不喜欢讲话，没想到，他是一个幽默、快乐的人，现在看来，和他相处，可能不会有太大的危险。他愿意自己向我袒陈他的隐私，我在心里嘿嘿地笑着，像个女巫。

他说，我今年37岁，一年前离婚了，这儿是我和前妻曾经的居所，我有一个女儿，她今年10岁，这架钢琴本是给她买的，她已弹完了汤普森教程，现在女儿判给前妻了，前妻是个女强人，她有更多的钱，钢琴就留在我这儿了。我实际上是很爱她们的，只是因为有了太多的钱，我和前妻都有更多的应酬，后来，我们彼此怀疑着对方，但谁也不愿意主动解释，积怨越来越深，就只好分手了。离婚后，我一直不敢来这儿，我怕，我怕那种过去的生活像幽灵一样随时显现，而女儿昔日的笑声是击败我的一件利器，我是个男人，我不能让离婚的阴影将我的生活涂满忧伤，所以，除了工作，我想学弹琴，想找个快乐健康的女子来教我，我也想有个人陪着我来看看这儿，让我去试着接受自己已离婚这个事实。我现在做到了，而我要感谢的，是你。

我说，哦，我知道你为什么懂得弹琴，懂得五线谱了……但，我不是专门来陪你面对现实的，我只是个蹩脚的钢琴家教，我的确不知道该怎样安慰一个离了婚的男人。

他说，我不需要你的安慰，我已走过了那段艰难的时光了。

沉默了一下，他又说，我真的想交你这个朋友。

我警觉地问，什么样的朋友。

他说，你甭担心，仅是那种可以说说话的朋友，你不知道生意场上有太多的陷阱……

我看他主要是想表达，而没有想了解我的生活的意思，我也不想告诉他我的生活，为了家教还要顺利地进行下去，我更不想告诉他我已有男朋友这个事实。

我对吴东东的遭遇充满了同情，同时以前对他的戒备心也放松了，我开始相信他是个正人君子。他又开车送我回"家"，临下车前我告诉他，我下次同意和他共进晚餐。

吴东东记得很清楚我对他的承诺，那天他刚弹完一段曲子，就说，今天早下课，我在荔枝湾大酒店定了座，那里生意很好，我们得准时去。

当吴东东的黑色奥迪车刚到泊车位，一名身着红色制服的服务生急忙来替我打开车门，那一瞬间，我埋藏着的虚荣心得到了暂时的满足。我和吴东东上了二楼，他订的座在一个拐角处临街的落地玻璃窗前，这里几乎满座，但大家都在低声交谈，没有嘈杂的感觉。

那晚，我吃到了用红红的西红柿汁做的一只大鲍鱼。那晚，除了吴东东在买单时付了 1020 元人民币让我大吃了一惊外（1020 元我要连续不断地工作 13 个小时），我还听他讲了我生平知道的第一个带颜色的笑话。

那个笑话叫"执著"。

吴东东说，有一个热血青年想独自一人穿越撒哈拉沙漠，春暖花开的某天，他租了一匹强壮而又不失可爱的骆驼，带足了几个月的盘缠，上路了，他发誓如不穿过撒哈拉沙漠誓不罢休。这名青年真的以坚强的意志克服了不少困难，但是，他唯一忍受不了的是孤独，他想和人交谈，想和人亲热，在那一望无际的沙漠上，荒无人烟，哪有他想要的那种慰藉，在他经过了无数次的考虑后，他试着和那头可爱的骆驼交流，久而久之，他和可爱的骆驼有了感情，可爱的骆驼也似乎听得懂他的语言，也能感受到他的忧伤，慢慢的，热血青年就产生了想和可爱的骆驼做爱的念头，每每此时，热血青年又被新的烦恼困扰着，那就是因为骆驼太高，达不到他的目的。正在热血青年十分苦恼的时候，他在沙漠里发现了一个被饥渴击败的美女，看上去生命垂危，热血青年马上慷慨解囊，给美女水喝，给美女干粮吃，美女很快恢复了活力和生机，美女十分感激热血青年的救命之恩，她对热血青年说，如果他有所想，她愿意不遗余力地为之效命。热血青年不好意思地说，他有一个小小的请求。美女说，在下愿牺牲一切为你效劳。热血青年磨磨蹭蹭地说，希望那女子帮帮他，他想和骆驼亲热，他够不着……

　　我听了，可能在羞红了脸的同时觉得吴东东真是一个快乐而风趣的人。我在心里感叹，人真是一种很复杂的动物，人们在无聊的时候总会自己找乐，那么多的经典故事都是人的杰作。

　　当我对吴东东一天天有了好感后，我的心里特别矛盾，吴东东的确是个幽默的让人开心的人，我又怕对吴东东的那种感觉会伤害到男朋友韦。起初的那段日子，我像一个小偷一样生活，如果对吴东东冷淡了，我怕他误会我瞧不起他，更担心工资拿不到；如果对吴东东好一些，又怕吴东东得寸进尺，又怕伤了男朋友韦的感情。

　　但，让我感到放心的是，韦很平静，好像没发现我丝毫变化，而他也变得十分繁忙，他说他正在写一篇小说，而且还在一家外企公司里给老板做一些策划，他还和老板有了很深的交情，据说那老板还是个诗歌爱好者。我还试着劝了韦，如果要写小说就专心写，挣钱的事可以放一放。而他的解释让我颇放心，他说，兼职不仅可以赚钱，还可以体验生活，给他的写作增添了不少素材。

　　我想只要韦对我充满信心，我兼职也就省心很多。

　　男朋友韦真的挣了一些钱，我们终于能自己租房了，我们租到一室一厅的民房，买了一些二手家具，我们终于结束了那种寄人篱下的生活，有了一个属于我们自己的空间，我们过着一种朴素的，充满了幸福的生活。而我的钢琴家教老板吴东东却只字不提工资的事，我不好开口向他要，韦也没追问。

一晃，到了秋天，这个城市的女人们穿上了长裙，戴上了帽子。我也开始想打扮自己了，但我知道我和男朋友韦都没有经济实力去买漂亮的裙子，皮靴，还有我喜欢的手镯。我不能给他增加思想负担。

有一次教完吴东东后，我有些想向他要酬金，但我不知道怎样开口，我坐在沙发上，心不在焉地搓着手指。

吴东东收拾完钢琴对我说，我今天要送你一件礼物。说着，他打开一个首饰盒，交到我面前，我一看，呀，是一只手镯，藏银的，中间镶有一块蓝宝石，真漂亮！我在心里感叹不已！它的色泽，它的形状，它上面的宝石！都是我由衷喜欢的！但我不能喜形于色。

吴东东在旁边说，一个朋友从尼泊尔带回来的，其实它很便宜。

接着，他又拿出一个精致的纸袋子来，对我说，是一个同事去巴黎，帮我买的，你看看喜不喜欢。

我打开袋子一看，是一条银白吊带丝质的连衣裙，一拿在手上非常舒服，一打开它，闪闪发光，还颇有缀感，而且它的领口很别致，松松地耷拉着，自然，性感，显示着设计者丰富的想象力。

我对眼前发生的一切不敢相信，我惊得目瞪口呆，这些都是我梦寐以求的东西，而且银白色一直是我偏爱的颜色，他是怎么知道的？

吴东东在一旁安慰我说，别怕，只要你喜欢，你以后在我的学费中扣出，就行了。

听他这么一说，我竟有些心动了，问，真的吗？

他点点头，肯定地说，真的。

我又问，广州能买得到这些吗？

他说，可能买不到真货。

礼物我收下了，但我不敢直接拿回家。吴东东送我的时候，我假装说要回报社取点东西，要他送我去报社，到了报社门口，我又叫吴东东先走，因为我还要打几个电话什么的。

其实我在报社迟疑了半天，我想不出任何的理由可以把礼物带回家，而且我没有任何借口让男朋友韦相信这些东西是我自己买的，更不敢实话实说，我怕他多心。最后，我只好将吴东东送的礼物放在我办公室的抽屉里。

晚上，我坐18路公交车回到我们的住处，我对男朋友韦欲言又止，但他似乎没发现我的微妙的变化。

大约11点半了，他终于看完一本书，好像想起了什么似的，对我说，梅，秋天到了，明天是周末，我们去逛街，看看有没有秋天的衣服给你买一件。

我说，我们又没钱，买什么呢，我不要。

我心中好像有鬼似的，吓得我说话都有些发抖。

男朋友韦好像不达目的誓不罢休的样子说，如果买不起，看看总可以吧。

那一夜，我因为心虚而睡得非常不踏实。我在想到底要不要告诉男朋友韦我有了一条我喜欢的裙子呢？如果要告诉他，我怎么开口？如果不告诉他，我永远不能正大光明地穿出来。

第二天，我们到了时代广场"巴黎的春天"时装名店一条街看了看。在名叫"小密儿"的店里，远远地，我看见一条与吴东东送的一样牌子一样款式的连衣裙，我开始紧张了，我想绕道走过去算了，但心里又想知道它的价格。

正在我有些迟疑的时候，眼尖的男朋友韦，他一眼就看见了那条款式别致的连衣裙。他拉着我的手，对我说，呀，这裙子真漂亮，梅，它真适合你穿。

走到衣橱边，有一个上面写着"高档商品，非买勿摸"的纸条。

男朋友韦装模作样地问，小姐，这条裙子还有别的颜色吗？

小姐说，只进了两件货，现在仅剩一件黑色了。

我忙问，它多少钱一件？

小姐说，2800元，刚从巴黎来的货，有货号的。

我一听，差点晕倒。

男朋友韦说，梅，你没事吧，你的脸怎么那么苍白？看你，还冒汗了，是哪里不舒服吗？

我拉了一把男朋友韦的衣服小声对他说，太贵了，我们走吧。

男朋友韦对小姐礼貌地说，要是有银白色的就好了，她喜欢银白色。

他这样说，意思说他可以买得起，只是对颜色不满意罢了，我在心里嘲笑了他一下，你一个月不吃不喝都买不起它，装什么装？我心里对他感到了莫名的失望。

小姐回答说，银白的前天被一位先生买走了，说是送给他的女朋友。

一听小姐的回答，我突然想到，吴东东送我的礼物并非真正是他的同事从巴黎带给他的，它可能就来自这个时装店的时装柜……我的心里像打翻了五味瓶一样难受，拉着男朋友韦赶紧离开了"小密儿"时装店。

男朋友韦显得十分沮丧，他抱歉地对我说，梅，我太穷了，我给你买不起一件像样的衣服，你不会怪我吧？

我说，你怎么变得这么客气了呢，买不起昂贵的衣服，我们就穿布衣，我们是布衣市民嘛。

晚上，我辗转反侧，无法入睡。我在想，我不能接受吴东东的馈赠，因为我没有理由收这么贵重的礼物，他可能会因此变得得寸进尺，或许还有别的企图……越想越可怕……我，更不能对不起男朋友韦，我，不能接受，接受这个男子的馈赠，我准备第二天一早就去报社取吴东东的礼物，去还给他。

第二天，一早，我给吴东东电话，他说他正在外地出差要两天后才回来，他问我有什么事没有？

我却马上说，没有。

上班的时候，坐在办公桌前，我把手伸进抽屉里，刚触击到连衣裙的刹那，它那细腻的质地、柔软的感觉从我的手指尖流进了我的心里，这东西太诱人了，我又开始动摇了昨晚才坚定的意志，我想，要是真还给吴东东岂不是太傻了。

中午的时候，同事们都去吃午饭逛街了，我一个人在办公室里，把藏银蓝宝石手镯戴上，到厕所里把门锁上，再将银白色的价值2800元的连衣裙换上，从镜子里看，镜中的女子那白白的双臂露在外面，前胸也若隐若现，很时髦，也比较有肉的质感，她显得典雅，高贵。我知道，穿自己心仪的衣物，戴自己喜欢的首饰，在自己的私家花园的湖边长椅上，品茶、看书，那是每个女人梦寐以求的生活。我知道，现在那个镜中的女子就是我自己。我觉得自己向往的生活可能就在我的身边，我可能一下会变成一个幸福的贵族女子……我左右照照，前后走走，喜不自禁。一晃就半小时过去了，我还没欣赏够，我的白日梦还没做到高潮，但我听到同事们在楼下说话的声音，我以最快的速度换下连衣裙，放好，装着什么也没发生一样给他们开门。

将吴东东的礼物还给他，这个念头弱下去了。第二天中午，我又在厕所里孤芳自赏了半个时辰。

吴东东从外地出差回来了，他来了电话，说他周末要继续学习弹钢琴。

我怀着复杂的心情来到吴东东的家。我想对他说他的礼物太贵重了，想还给他。但，我心里十分不舍。我想再等等吧，看看这事态怎么发展，或者，吴东东下次再送东西我就毫不犹豫地拒绝。

吴东东见了我，笑眯眯地盯着我的眼睛问，裙子合身吗，好看吗？

同时他走过来，将他的一只手顺势搭在了我的肩上。

我马上尴尬地笑着说，好看，很合身……并装着什么也没发生一样，在房间里走了几个来回，吴东东搭在我肩上的手，重重地落在空中。

那一刻，我感觉到自己受到了奇耻大辱，我在心里骂道，妈的！吴东东，你是什么东西，你的确有地位、有钱，但你以为有了地位有了钱就可以在我面前胡作非为了吗？你把我当成什么人了！我又在心里责怪自己，贪心的女人，这叫拿人家的手短，吃人家的口软！谁让你虚荣心那么强，不是你的，就别想！我觉得更对不起男朋友韦……

我心里特别难受，但我还要装模作样地教吴东东弹琴，我心里清楚，钢琴家教就此结束了。

上完这次课，我立即离开了吴东东住所，径自回到我和男朋友韦租来的家中，给男朋友韦下厨烧饭、洗几天的衣服、拖地板等等，什么苦活都干。

男朋友韦回来后，看见我累得满头是汗，非常不解，他说，梅，你是高兴呢，还是在发泄什么？

我说，这些都是我应该做的。

晚饭后，我想主动谈我的家教的酬劳的事，而男朋友韦却主动报告了一个好消息，他说，他又挣了一笔不小的外快，房租可以交一年了。

我心里更不好受了，男朋友韦一心一意为了我们的生活，拼命赚钱，他甚至放弃了他的写作，我良心有些过不去，而他从来都不问我的兼职怎样，有没有钱拿回家，也不担心我会出什么事，因为他不停地在我耳边说，梅，我信任你，梅，我信任你。

一夜未眠，那个决定更加坚定：我不想教吴东东了！我不想再陷进去，再教下去，我不知道还要发生什么事，我要对他说"不!"，我要把他送的礼物还给他，我要勇敢地索回我的酬劳，我要亲手交给男朋友韦，要他相信我的能力，我可以独立地挣钱。

但我不好面对吴东东，我将他的礼物从东山口邮局寄还了他，同时给他写了一封信，我说，我不应该收他那么贵重的礼物，我良心上过不去，谢谢他对我的用心，其实我早有了男朋友，虽然我们生活很艰苦，但我们很相爱，我希望他把我应得的酬劳寄给我，并希望他以后不要再找我了。

吴东东真的没有再来找过我，一个星期后，我收到了吴东东寄来的一张 3000 元的汇款单。他在汇款的留言栏里写着：梅，认识你很高兴。

我把汇款单全额交给了男朋友韦，他从邮局拿到钱后第一个愿望，就是去时代广场"巴黎的春天"时装街"小密儿"时装店把那条裙子买下来送我。

我们来到时代广场"巴黎的春天"时装街"小密儿"时装店时，一看，那种裙子已经没了。

小姐说，唉，这货很正，款又新，买的人多，你们那天刚走，就有人来买走了。

男朋友韦马上问，什么时候又进货？

小姐说，现在冬天马上来了，我们不再拿秋天的货了。

我们很失望地离开了那间时装店。我在心里想，那连衣裙本来就不属于我。

一年后男朋友韦写了一本关于男女之间微妙感情的书，卖得不错，他也小有名气了。

我和男朋友韦因为对彼此失去了激情，第二年的秋天，分手了，他回了山东老家，而我仍然留在了广州。

去年夏天，我在中山大学附近的树人书屋看见一本杂志，上面有一个署名吴东东的作者写了一篇叫《圈套》的散文，描述了他曾经替一个作家朋友考验女友的事，说那个女友不知不觉就进了他们的圈套，那女子受尽了心理折磨而全不知道其中的奥秘，作家却得到了最真实的生活体验。那篇文章的开头是这样的：

那是 1996 年 8 月，他们刚从南京大学毕业来到广州不久。他们像所有来广州寻梦的大学生一样，过上了最初的流浪记者的生活。经朋友单世联的推介，那个女子到了文化参考报社当编辑记者，由于是周报，有时还因为经济原因不能按时出报，工作十分清闲，收入自然很少，月薪只有 600 元，我的作家朋友在企业文化报当编辑，月薪也只有 1000 元，他偶尔写写小说，挣点稿费。但他们的生活仍然十分艰苦，刚开始的几个月，他们买不起家具，买不起厨房用品，就只好和别的友人在石牌村合租了一套一室一厅的民房，他们出的钱少，就住在厅里……

我以为我看花了眼，然后我再读了一遍，并把那本杂志买了下来，我打了一辆的士直奔吴东东在天河东的住处，按响门铃，开门的是一位年轻而时髦的少妇，她问我找谁，我说找一个叫吴东东的男子。

少妇说，她的老公不叫吴东东，而叫刘东东，但他10年前就去了法国，从没有回来过。

我又通过千山万水找到我曾经的男朋友韦的电话，我问他有没有这回事，他说他根本就没有一个叫吴东东的朋友，倒是有一个叫刘东东的朋友，但他很早就去了法国。

1999 年 8 月

2000 年 10 月 6 日

广州云鹤南街

# 释放心灵

## 1

将那幅叫《童趣》的油画端端正正贴在墙上的时候，子云已无遗余力。

新姐还有剩余的精力到食堂为子云弄来了晚饭，并到水房替她弄来了一桶热水，要她吃饱晚饭后洗洗头，冲掉近两个月来的奔波和忙碌留在脑子里的痕迹。

子云不知道用什么办法来感谢新姐，她在这个城市没有亲人，而这个新姐却胜似亲人。

认识新姐的时候，她刚从某大学中文系分来给子云他们上"大学语文"，那时，子云还心清如水，不知道毕业分配的艰难，不知道留校竞争的激烈，师专毕业分配到乡下中学，条件差的男生还很难找上如意的对象，尽管社会上早已提倡"尊师重教"，但改革开放的春风让竞争意识已在人们头脑中扎下根来。

子云能过关斩将，最后留校，几乎全是新姐的努力。新姐分来不到半年，便与本市某合资企业中方经理结婚，家庭生活富足，她要什么有什么，短短一两天假日，也有专车带她到她想去的大自然采风。子云的留校，或多或少也有那位经理先生赞助学校图书馆有关。不能只因为子云是优生，论文答辩也是优，有这样的成绩，还有两位男生。

子云也曾好奇过一阵子，问新姐为什么要独独帮她呢？新姐笑了，傻姑娘，你清纯，招人喜呀！

别人一讲到子云的优点，她便不出声，以显示很有修养，且有谦虚之意。为了留校，子云的"清纯"和"可爱"得到非理性地延续，狠狠地回绝了其他系的好几双异性热情洋溢的目光，尽管他们中也不乏优秀的男生。

把日用品从学生宿舍搬进单身教师宿舍，子云的地位也随之升位。

这间宿舍只有10平方米，也算有一个能供自己喜怒哀乐的空间了，子云在心里千万次地感谢新姐，她甚至想，为了报答新姐她可以不惜牺牲一切，只要有那种可能。

## 2

刚留校，主要是照顾好办公室的工作，也任些低年级的杂课。

第一个周末，新姐请子云去一家名叫蓝鸟的酒吧去共度周末，并特别强调说还有一位朋友要光临。

子云按时来到"蓝鸟"，室内烟雾缭绕，有一歌女正低唱着一首外国情歌，在一转角沙发上坐着新姐，她正跷起二郎腿，燃起一支烟，子云不禁一惊，与新姐相处了一年多，还不知道她拥有这份爱好。

更让子云惊讶不已的是，在她的左手边坐着一位看上去很有修养的先生，正与新姐在低声交谈着什么，子云走过去。

新姐灭掉手指间的半截烟头，站起来，微笑着对那先生说，盛蓝，这就是刘子云。

子云，能认识你，我很高兴。那叫盛蓝的人说。

子云盯住他们，满面通红，不知所措。新姐又笑了。

子云，他是我大学的校友张盛蓝，比我低一级，今年刚毕业，分到市委宣传部了。新姐看了看子云的反应，对不起，事先没征求你的意见。

子云木讷地摇摇头说没什么没什么。张盛蓝笔挺地站着，子云面对这样直觉优秀的男孩，是很突然，但他的脸上带着见到子云的那份礼貌性的热情，他神采飞扬的眼神使子云内心起了轩然大波。

整个晚上，子云在昏暗闪烁的灯光下，隐藏着她澎湃的思潮。他们两人也只顾谈他们大学生活的轶事、典故，偶尔也顾及一下子云，使整个气氛不至于过分尴尬。

分手的时候，新姐凑在子云耳边说，子云，要有勇气和信心。

那一夜，子云失眠了，新姐最后的话是什么意思？难道新姐看破了我的心事？

张盛蓝……蓝鸟酒吧……蓝……一直在她耳畔轰鸣，一夜困扰得她无法入睡。

子云是对事物极为敏感的女孩，有一种念头正以汹涌澎湃之势袭击着她，她不知道自己是欣喜，还是惊恐，它来得如此之快，让她没有丝毫的思想准备。

在更多的时候，又给自己找来许多的理论作为借口：到了这个年龄，哪个少女不怀春，哪个男子不钟情？而且，有一位潇洒的男朋友，是每一个女孩共同的理想。

事情发展得极其顺利。第二次见到张盛蓝是第二个周末，上午他打了一个电话给子云，说如果她不反对的话，他将来看她。下午时分，他便真的来看她了。在白天见到他，呈现在子云眼前的是更具男子汉、青春阳刚之气的潇洒张盛蓝，这份骄傲，已踏踏实实地写在她的心里。

那晚，从张盛蓝为子云点歌《在此相逢》开始，子云就觉得他们是交往已久的老朋友了，即使是默默相对，也彼此觉得有千言万语从他们心中流过。很晚的时候，张盛蓝才送子云回学校，一路上交换着彼此初见面时无比兴奋的感觉。

路灯一盏盏向身后移去，路在他们脚下越走越长，等他们兜到子云的学校时，校门早已上锁了。

这可怎么办？子云跺了一下脚。

子云幼稚的焦急感染得他也一时不知所措，为了子云的安全，他们又步行到车站候车厅，彼此相守至清晨。

以后的几乎每个晚上，他们都浸泡在"蓝鸟"酒吧的灯红酒绿里。国庆节很快就来临了，盛蓝告诉子云，国庆晚上去观灯吃宵夜。

观灯完毕，他们并肩逃出人群。

**142**

天，晴得很好，还偶尔有一两朵礼花在夜空闪烁。刚好，迎面过来一对恋人，女孩在男士臂弯里低低地说着什么，当他们擦肩而过时，子云的心为之一颤。

两瓶啤酒，一份五香牛肉，生爆肉丝，凉拌肚片，香菇菜心，榨菜肉丝汤，最后还有蛋炒饭。他们的胃口真好，简直一点都没浪费，后来还加了一个凉拌牛肉，看来在吃凉拌牛肉这一点上，他们还是有点臭味相投的。

吃罢夜宵，盛蓝的手已很自然地握着子云的手往外走。他说，子云，国庆了，我要送你一件礼物，赏脸不赏脸？

在哪？

我的宿舍。

相识一个月来，张盛蓝第一次提到他的住处，子云敏感地一怔。敏感的他已尽收眼底，他举起手说，怎么，要我发誓？

子云一把拿下他的手说，发什么神经，别人以为你是疯子。

他乐得有失身份地拉起子云便跑，在爱情的笼罩下，人们往往会把自己置身于童年的境界。

市委内院静悄悄地，月光朦朦胧胧地倾泻下来，与节日彩色灯光交相辉映，夸张着节日的气氛。

张盛蓝分来时，刚好遇上市委分房子，人头一套，他因此得了一套三室一厅的套房，封闭式阳台，很算奢华，遗憾的是，他只布置了一个房间，客厅也只有那幅《童趣》的油画——在这里意外地发现自己相同的爱好，她仿佛觉得他已真正走进她的心里。

房间布置得很简陋，却十分整洁，一张行军床，一盏台灯，一架小收音机，一个繁重的旧书架堆满了书。墙上挂着把吉他，她惊奇地取吉他——他还从未告诉子云他会弹吉他。

子云正拿着吉他出神，他走过来对她说，去洗把脸，我来给你拿礼物，先别看。

子云进屋时，盛蓝正玩弄着小收录机，一见子云他就用手挡着：闭上眼睛别看。她闭上眼睛，生恐他要用毛毛虫吓她，就将双手捏成拳头背在身后，这时，她的耳边响起了吉他弹唱曲《在此相逢》，是张盛蓝的声音。什么时候录制的？她几乎惊叫起来。

别嚷！盛蓝做了一个嘘的动作。吉他伴着他浑厚的男中音，充盈这间屋子，橘黄色的台灯的灯光也一下变得更加柔和起来，子云的记忆又回到了盛蓝为她点歌的那个夜晚。

美丽的旋律捆绑着他们的情绪。盛蓝看着她，走过来，眼睛里闪着光，一只手臂搂着她的肩，另一只手拿过她的下巴，口里冲着热气，在耳边说，子云，我想吻你，你同意吗？

羞涩蒙上了子云的眼睛，浑身奔流的血液几乎全涌冲在脸皮下面，并在那儿拼命地跳动，她没回答，只是似笑非笑地尴尬望着盛蓝，同时她闭上了眼睛。

月亮圆得有些让人心虚，盛蓝送子云回学校的路上，他们彼此一言不发，那个初吻，盲目地拉开了子云与盛蓝的恋爱序幕。

## 3

快乐的日子和无聊的日子似乎没有两样，像流水一样流淌着，让人不知不觉，元旦又即将来临。

子云，元旦舞会我们请新姐一块参加吧。盛蓝说。

行，你给她通个电话。子云想都没想就同意了。

元旦伴着霏霏小雨来了。

晚饭后，冬雨低垂在天边，无息无声，只有一阵阵寒风在雨丝间穿越。盛蓝早已到了子云这里，他们依偎在录音机旁一块欣赏盛蓝弹唱的《在此相逢》，一边在等待新姐。

子云——新姐站在门外用白色围巾包了头脸，只留下一双眼睛在流动，让子云差点认不出她来。她取下围巾，子云这才注意到美丽的新姐消瘦了许多，光彩照人的形象多少有些黯然。是那个经理虐待她了吗？子云的心中写下了凝重的疑问。

新姐——子云低低唤了一声。

霏霏小雨给节日增添了浪漫的色彩，也增添了一些莫名的忧伤。舞厅里的人影闪烁，柔和的灯光给每一张脸涂上了陌生的色彩。

第一支舞曲开始了。盛蓝，陪陪新姐。尽管说话的此时，心中已不免带着酸意，也不得不敏感起来：总不见新姐与她的阔丈夫在公开场合露面，是为了保护起来不让外人夺走，还是另有他意？子云不敢再细想。

又一支圆舞曲来了，盛蓝风度翩翩，新姐仪态万千，一对完美、令人羡慕的舞伴在舞池里穿梭旋转。子云的目光也一直跟着他们旋转，新姐脸上的愉快的笑意，盛蓝的低语，已刺得子云心里生痛，她时而又反省、自责、嘲笑自己，新姐怎么可以是那种人呢？何况她待我一向都似亲姐妹；我是不是有点小女人的味道？是不是太狭隘，太自私？我为什么不假装不知道呢？

一曲跳罢，看见他们愉快地迎着子云来，子云又显得端庄、大量、高雅、得体，子云为了她可怜的自尊，脸上保留的微笑多少有些古怪。三人在一起的时候，还是出现了尴尬的沉默。

他们无言地坐了许久。

《友谊地久天长》撩人心扉，舞厅的灯一盏盏灭了，子云想起了《魂断蓝桥》的烛光舞会……子云的心开始激动起来，她以为盛蓝会伸手过来，此时，新姐微笑着飞快地看了盛蓝一眼。盛蓝便把他那高贵的手伸给了新姐，新姐愉快地握着。

灯一盏又一盏地灭了，他们旋转再旋转，不知多少个回合，在那缠绵、忧郁、动人的旋律中，子云似乎看见新姐的头轻轻地埋在盛蓝的肩上……

张盛蓝！张盛蓝！你太过分了，难道你不承认我是你的恋人，难道你真以为我修养、我宽容、我淑女风范……子云越想越委屈，涌在眼眶里的泪迫使她要离开这里……她到饮料部要了三瓶啤酒。

不知什么时候开始，子云已感觉到一种不祥的气氛笼罩着她，心在莫名其妙地折磨中难受。

他们三人喝着啤酒，不出声。子云看着容光焕发的新姐，心想自己这时一定像一只打湿了翅膀的鸟，无力飞回自己的小巢，她委屈的眼泪又冲上来……盛蓝盯了子云一眼，仿佛在责备她的小气，子云更加委屈，心想难道我真的错了，难道我内心痛苦的权利都失去了？子云那不争气的泪夺眶而出……

子云，今晚我不回了，我要住在你那儿，我已给那人通了电话。新姐最终打破了尴尬的局面。

新姐与子云拥挤在子云的小床上。

从那一刻开始，她俩彼此陌生起来，尽管都在说着话，内容都无关痛痒，似乎有一场无声的战斗在等待着她们……

无论怎样，我是活在一个圈套里，子云想。

子云，也许你早已看出来了……与盛蓝的恋爱是从大二开始的，那时他刚大一，因为迎新生联欢晚会上做游戏，蒙上眼睛找朋友，我抓到了他，也许就在彼此对视的那一刻开始，我们便相爱了……我面临分配时，才知道分配的艰难，要过富裕而舒适的生活，单靠贫穷而单纯的他是不能解决问题的，等他毕业、分配、积蓄、结婚，我们的日子一定十分清苦。于是分配前，我便找了借口彻底地放弃了他，并顺利地找到了现在的丈夫，开初，金钱诱惑着我，吃、喝、玩、乐样样称心，如果我不再次遇到他——也许……那是盛蓝临近毕业时，他来市委宣传部联系工作，刚好遇到我，当我再次看到他的刹那，我才发现，这一年来，我只是匆匆结婚而矣，而我的爱情还在他那里……对他我觉得很歉疚，因为我已结婚了！而他没有怪我，没有恨过我，为使自己平衡——在他分配时我帮了忙，并替他找到一位可爱的女孩，你，子云，我想减轻内心的歉疚。

开初，我一心想成全你们，可后来发现你们真心相爱，我又痛苦着，知道自己还在爱着他，我拼命用理智来控制自己，可是除了心里绞痛，就是茶饭不思……

新姐在子云身边梦呓般回味着他们甜蜜缠绵的爱恋，并为她的现状而啜泣时，子云被这突如其来的灾难冲击得无法平静，她不知要做什么，也不知能做什么，她甚至连眼泪都没有掉一滴，她度过了一个艰难的夜晚，不知什么时候她睡着了，醒来时已是下午，新姐已不知何时离开了。她躺在床上反复在想新姐在她丈夫那里得到了金钱，是否想在自己的掩护之下得到她的爱情？新姐、盛蓝和她三个人，谁在骗谁？谁对谁错子云一时想不清楚！

在心里她一遍又一遍地问自己：子云，子云！你从选择自己的工作开始，到决定自己的初恋，太匆忙了，太虚荣了……

窗外，一抹节日的余晖照了进来，正印在那幅油画《童趣》上，那个天真的小女孩，是不是想脱掉那双与她极不相称的大鞋……

那个子云，满腹心事不知对谁叙说……

1990 年夏于四川广元

147

释放心灵

# 青涩岁月

## 第一章

9月7日23时07分，192次列车从C城出发，开往S城，我要去D大学进修一年。

我被蜂拥的人群抬着进了车门，艰难地找到我的座位。我的一只皮箱，一只牛仔包被送行的人从车窗硬塞了进来。车箱里热气熏人，嘈杂的人声一阵盖过一阵。

车很快就启动了，我只看见那位为我送行的男孩子在人群中仰着脖子，不停地急着说些什么，我微笑着朝他挥手，并打着手势告诉他，我听不清他的话。列车远离了这座小城，我靠在座背上，轻轻地吐了一口气，过去的日子又流淌在我的记忆里。

### 1

"老赵，来呀！老规矩。"

周六下午放学回家后，楼下的周老师又在约爸爸下棋。

"俊俊，来来来，替爸爸把棋盒拿上。"

"又去周叔叔家下棋吗？"

在这一问一答的时间里，我已抱出棋盒，熟练地站在爸爸身边了。那时，我正穿着妈妈用爸爸的长裤改做的裤子，裤管高高地挽起两圈，这样可以多穿几年；花布衣服是姐姐穿过的，妹妹还等着要穿。爸爸站起来，走到厨房门口，拍拍正在为妈妈洗菜的姐姐，冲妈妈笑了笑，表示请假乞求放行。妹妹的书包扔在桌上，早已不见人影。

"哟，我晓得又是俊俊呀！我说老赵是特别偏爱这个长得像他的女儿哪！"

爸爸和周叔叔在对杀的时间，我跪在凳上，大人似的沉思，周叔叔说我像爸爸，是眼睛，还是鼻子？

"俊俊，俊俊，该吃饭了！"

非得让妈妈在楼上叫得鸡飞狗跳的时候，爸爸是不会动身的。

这时，周阿姨从厨房出来，双手搓着围裙，用颇热情的笑声留我们吃晚饭。爸爸这才感觉到真的该回家了。于是他一手拿棋盒，一手提着蹦跳的我上楼回家去。

妹妹不知什么时候回来了，她已坐在桌前，用两个小指头在热气腾腾的菜碟里拈着小菜，正放进嘴里，看见爸爸进门，讨好地跳来接过棋盒。

爸的左右坐着我和妹妹，妈妈和姐姐总是最后上桌，似乎厨房里有忙不完的活，收拾碗筷也义不容辞地握在她们手中，她们那份贤惠的情态真让我羡慕。

饭菜在胃里还没找到合适的位置，爸爸就拉响了二胡。

"爸爸，我唱小呀嘛小儿郎，背着书包上学堂……"

"爸爸，我唱马儿啊你慢些走……"

"好好好，还是让二姐先唱。"

于是满屋子伴着二胡声，响起三声部混声唱"马儿啊……你慢些走喂，慢些走……喂……"拐弯、拖拍，七长八短，怪腔怪调，厨房里也亮亮地传出几声难得的脆笑。

星期天早晨，天刚亮，爸爸就穿戴整齐，准备好野餐，走进我们姐仨的房间，拍拍我的屁股：

"俊俊呀，今天是晴天，钓鱼去。"

我一听去钓鱼，睡意全消，胡乱地穿好衣服，掀掀身边的妹妹："小三，小三，爸爸钓鱼，你去不去?"

妹妹总是"哼，哼"两声，翻翻身，动动腿，又睡着了。下午的时候，恰恰又是她踩着小凳子在阳台上等待已久，看见我们满载而归，她必定要跑下三楼，一手提鱼，一手挽着爸爸，撅着嘴不停地埋怨爸爸去钓鱼时为什么不叫她。

跟爸爸钓鱼跑腿已有好几年的时光了，扛钓竿，掏蚯蚓，我跑得飞快。当爸爸钓上来一条摆动不停的银光闪闪的鱼时，总是我勇敢地取下来，放到脚边水里的网眼很密的网兜里，这时，我们便有说不出的快乐。

"夏钓早晚冬钓午"之类的经验，我也像背语文课文似的能朗朗上口了。

看着爸爸聚精会神地注视水面的浮子，我顿生好奇，也嚷着做了一根钓竿，没钩。我别出心裁地在丝线末端将一整条蚯蚓拦腰拴住，掷到水中，模仿爸爸的架势，伏下身子注视水面。

突然一阵微风吹过，浮子奇迹般游动起来，我以为是鱼在咬钩，忙不择法，想尽快甩起鱼竿，不料自己却在慌乱中跌入河中，爸爸听到我落水的声音，大叫"俊俊"便奋不顾身地投入水中，捞我上来时，我们从头到脚没有干处，父女俩都成"落水鸡"了，本是吓得哇哇大哭的我，一看爸爸眼镜丢了，为数不多的头发紧贴在额头上像茶壶盖，又破涕为笑了。拧干衣服，端端正正坐在爸爸身边，不敢轻举妄动了。

"下次还来不来?"

"不给妈妈讲，我还来。"

<h2 style="text-align:center">2</h2>

姐姐15岁那年，考上了高中，分在爸爸班上。我11岁，刚上初中。随政策开放几年来，学校住宿条件有所改变，爸爸单位给他分了一套三室一厅的房子，姐姐因此有了一个独立的空间，我和8岁的妹妹还是挤在一张小床上。

11月16日，我们学校冬运会开幕了。下午我要参加400米短跑。午饭时饭桌上增添了炖鸡和几个炒菜，席间也多了一位客人。

爸爸说："俊俊，这是我班的学习委员龚玉明，学习很用功，人品又端正。多向这样的好学生学习哦!"

那位叫龚玉明的男生对我垂着眼睛，怯生生地点点头，他看上去面目清秀，衣着朴素整洁，乡土气息十分浓。

"玉明，来，别客气。"妈妈把一只油肉横溢、乌红发亮的鸡腿给了那个叫龚玉明的，他红着脸，头埋得更低了，想推辞又不好意思，只得勉强笑笑，一语不发。妈妈又夹起另一只鸡腿给爸爸："老赵，你也来一只。"

妈妈一贯把最好的菜给爸爸，而爸爸每次又把堆在自己碗里的菜分给我们。

"俊俊吃吧，下午要跑400米呢，吃了鸡腿，腿上有劲。"爸爸把鸡腿夹给我，其时，妹妹正在一旁满怀希望地等待，我已从妈妈对"别人"的亲热中感到无言的委屈，我就夹起爸爸让给我的鸡腿对妹妹说："小三，给你，还是给妈妈?"

"当然是给妈妈。"妹妹的脑子很好使，能说出与内心想法截然相反的话来，这便是她比我聪明的地方。

还是通过妈妈，鸡腿终于还是传递到妹妹碗里。把鸡腿这样传来传去，热闹气氛一下又像往常一样罩上来。

11 岁的我已发觉，有一种奇怪的气息裹着姐姐，使她的羞涩颇为妩媚动人。

姐姐的高中生活接近尾声时，她已 18 岁，出落得如花似玉，一举一动均是妈妈的翻版。从"鸡腿事件"发生以来，龚玉明成了我们家的常客，节假日更是明目张胆地来家中聚餐。直到我要参加中考前一个月，父母才仿佛记起我的存在。

我在县里排名第二，稳稳当当升入爸爸教书的重点一中。我的中考一结束，姐姐的高考就开始了，全家人骤然紧张起来，父母的举动让我感觉仿佛不单单只是他们的一个女儿要投考。妈妈的菜翻了花样做，一天三个样，那个叫龚玉明的男生几乎把伙食搬到家中来了，我却对他不理不睬，爸爸妈妈在场时睁只眼，单独碰见时闭着眼。左邻右舍，虽然档次低点，总也算知识分子，心里少不了些敏感的看法，父母也似乎默认了别人的臆想，倒是我觉得有些抬不起头来。

我的录取通知书到手时，已能单独带上妹妹去钓鱼了，姐姐在焦灼不安中盼望着高考的分数，同时还更深切地期盼着别的什么。

8 月 18 日，龚玉明的录取通知书来了，是某重点大学中文系，姐姐无疑是落榜了，连上中专的分数也不够。

盛夏的夜晚闷热得让人有些目眩。爸爸妈妈在客厅里心不在焉地摇着蒲扇，没开灯。夜更深了，阳台外才有一阵凉风吹来，房里似乎凉了些。妹妹被妈妈逼着在灯下赶做暑假作业，她一边抹着汗水一边叽叽咕咕，谁都不去在意她在抱怨什么，她就显得越发不自在。

父母静坐无语。我想最难受的应该是姐姐，她的房里亮着灯，没有一丝响动。我蹑手蹑脚地推门进去，想替姐姐做点什么，只见她斜卧在床上，凑在灯下看小说，那是巴金的《寒夜》。对我的存在她仿佛没有一点觉察，她始终没有抬头，视线也没有移动，我怀疑她根本就没在看书，她似乎还在微笑。我以为她有些失常。

"姐……"我紧张地唤了一声，"别闷在屋里，外面很凉爽。"

她抬起头冲我笑了一下，没出声。

我又装模作样地说："别难过……考大学不是唯一的出路。"

"人类最根本的，最强大的不可改变的就是命运！我相信，妹妹你相信吗？"

我不明白姐姐的意思，但我却发现姐姐并没因为高考落榜而伤心。

月亮在夜深人静时圆得有些滑稽。

龚玉明在临上学前自己提出与姐姐订婚了（这大概就是姐姐在潜意识中所等待的叫命运的东西吧）。也正是龚玉明这样"有良心"的举动，让父母为他送行时像亲儿子一样郑重其事。父母多日来的沉重的心也放下来了。在心里，我不禁第一次嘲笑起我那当教师的父母：整整3年，总算送出半个儿子来。

### 3

又轮到我去爸爸班上读书了。妹妹进入小学毕业班当了妈妈的学生。姐姐进了新市一家工厂当会计。我和妹妹也因此有了各自独立的空间。

尽管爸爸虚怀若谷到近乎迂腐的地步，他的语文课讲得出色是有目共睹的。坐在班上听爸爸讲课，童年的世界又回到眼前，我又仿佛在爸爸身边陪他钓鱼，看他下棋，听他拉二胡，跟他一块唱歌……这些自豪和骄傲成了我高中生活最新的开端。龚玉明和姐姐从家里顿然隐没，爸爸对我的爱又厚实了。

一个月后编座位了。同桌是位叫苏月舟的男生。来自乡下，是一位聪明绝顶的学习委员，我觉悟起来，担心爸爸是不是有些反常，他一直想有个儿子，随着妹妹的出世爸爸的希望无情地落空了，他是不是要把感情转移到他想象中的儿子身上去，以使自己心理平衡呢？我不知道。编好座位的那一瞬间，我想站起来就走，但我还是克制住自己。我不想揭露他，给慈祥的父亲应有的尊严，只要他不在自尊心上无原则地侵犯我。我坐在那里，呆若木鸡。

周末回家，见小阁楼处放了一只被缚的公鸡。

"妈妈，又买鸡了，什么时候吃？"

"是不是嘴又馋了？"爸爸的声音从他的卧房传来。

"妈妈，我不希望有我不喜欢的客人来分享鸡腿！"我大声嚷道。我知道这句话的分量，丢下这句话回到我的房间，砸上门。晚饭时，一家人都不搭话，妹妹眼珠子滴溜转，她十分识趣地缄默不语。

第二天中午，鸡肉炖好了。

杀鸡、烫鸡、拔毛、炖鸡，妹妹始终接替着姐姐的位置守护在妈妈身边当帮手。

饭桌上只有爸、妈、妹妹和我四人。妈妈盛好饭，夹起鸡腿笑着说："俊俊昨天就在关心鸡腿，今天两个都给你，小三吃鸡翅，以后好飞。"

同时，爸爸也夹起另一只鸡腿给我："俊俊吃吧，正长身体，恰是狼吞虎咽的时候……"

我没要求爸爸重新调座位，表示女儿对他极大的信任，我却故意对同桌展示出一种不冷不热的态度，并有意识地把自己装扮成假小子，在课余时间里喜欢打篮球，只要老师刚一示意下课，我就冲出去或想别的办法，在课间 10 分钟尽量不呆在教室里。

化学课。

预备铃已响过了，我才抱着篮球跨进教室，全班同学早已在老师的威严下正襟危坐了，我把篮球放在脚边，用很脏的手理了理头发。

"赵俊，摩尔浓度的意义是什么？"

我摇晃着站起来，全班哄笑了。我的感觉是上节课的书本还没收拾好。正在这时，同桌送过来翻着的书，我还是怕丢面子，照着书吞吞吐吐地念了一遍。那老先生终于让我坐下，我长吁了一口气，才发现书桌里的书本早已收拾妥了，化学课的笔记本也准备好了，等我明白是怎么一回事后，很感激地冲他笑了笑。

就这一笑，以后收拾书本，整理课桌的"内务"全由苏月舟包下来了，就连我回家吃饭、休息，不在教室里，老师留在黑板上的作业，他也抄得工工整整留给我一份。我没有找到合适的话对他表示答谢，一句也没有。

学习委员收发作业本是天经地义的，而他那次来我们家却不是时候。

周末。爸爸正第一次阴森森地对我查问起化学课迟到的事，苏月舟抱了一叠本子敲门进来了，我垂头丧气惶惶不安的尴尬模样被他一览无余。我为此很恼火，为了对他进行一次必要的报复，在周一的时候，我咬牙切齿地对他说："收的作业不是要交到办公室去吗？以后少要乱窜教师房间。"

苏月舟当时没有辩护，甚至连一个借口也没有找，灰溜溜的，活像一个自投罗网的犯人。

第二年分科了，苏月舟分到理科班去了，我读文科，继续待在爸爸手下，不敢嚣张。尽管不在同一班上课，我还是能感到有一双熟悉的眼睛在每一个角落里盯着我的飘飘长发。

我们不断长大，父母日渐苍老，我有一个愿望：考上大学。给父母脸上抹点彩，也顺便给自己镀点金。我不像姐姐那样相信命运，却总希望自己有个好结果。

3年后的某一天，去招生办等了3天的爸爸，在进门的时候，他努力把声音喊得愉快些：

"俊俊呀，上专科线了。"

哦，专科线！我的头脑一阵轰鸣，上专科线有什么用，还不是等于落榜，3年的书也算白读了，我的理想像断了线的风筝，再也回不到我的身边，再说，上转专科线的人多如牛毛，还有哪所好学校等着你呢？爸爸的慈爱被夸张了又夸张，我的惭愧膨胀了又膨胀。我欲哭无泪，欲笑无力。

"爸爸，我放弃专科学校，直接填中专志愿，说不定能取个好学校，也免了上师专当穷教师。"

爸爸的爱近于放纵，他竟依了我。

暑假还漫长无际，中专录取工作是在最后，录取通知书至少要在9月中旬才能到达。晚上，我对父母说："我想出去走走。"

我收拾了简单的行装，妈妈忧伤不安的眼睛里满是阻止，而爸爸却意外地赞成我这堂·吉诃德式的壮举。

"去哪？"

"北京。"

我不是去朝圣，也不知道自己要去干什么，也许是想换个地方，在陌生的城市里，在陌生的人群中木然地走，肆无忌惮地流泪，不传染给我的亲人。

4 天后的一个早晨，我在床上醒着，听见爸爸的脚步在客厅里沉重地徘徊，是妈妈打开了我的门。我不敢探出头来看，害怕自己犹豫不决的心会纵容自己放弃这次勇敢的计划。等屋子又恢复宁静后，我起床了。我发现书桌上放了三样东西：不倒翁，爸爸的怀表，1000 元人民币。

　　在我的记忆里，这不倒翁是我们家拥有的唯一的玩具，也让人奇怪，小时候我们姐妹仨竟也无一人嚷着要玩具。怀表陪伴了爸爸几十年了，爸爸就这样放心我不会连同自己一块丢失？这 1000 元人民币——估计是父母近年来仅有的存款，我知道，他们一直想买一台彩色电视机。

　　到了八达岭，踩着被无数鞋底磨得光滑变形的方砖，看一望无际的长城上涌动的人流，我终于流泪了——还有这么多人无忧无虑地活着——至少为了爸爸跳动不息的怀表，至少为了那可怜的不倒翁（爸爸是语文老师，他认为不倒翁有寓意），至少为了要还出父母那 1000 元钱以及更多的无法言状无法计数的东西，我没有理由不平安地回去。

　　流浪了半个月，9 月 1 日下午，我到家了。

　　"苏月舟被清华大学录取，提前出发了。他来找过你，说到校后再写信给你。"爸爸告诉我这个消息，是想掩饰他每天焦急等待的真相。

　　苏月舟去了北京，我刚从北京回来，或许就在两列列车呼啸着远去时，我们也刚好擦肩而过。

　　9 月 18 日，省无线电机械学校录取通知书来了，我不觉哑然失笑，读了文科，却被理科专业录取，这也许是绝无仅有的笑话了。我还是决定去这个学校读书。

　　临走时，姐姐回来了一趟，表示为我祝贺。想起姐姐落榜我去"开导"她的那个晚上，我无地自容。

# 4

在爸爸的帮助下，苏月舟的信在 9 月 29 日平安抵达我的学校。他告诉我他是五年制本科，第一学期他们开设了七门课，外语还加了基础德语，英语定级考试也刚考过，还说清华大学几乎每天都有活动或比赛，他参加了几次，结果都很悲惨。

看起来他很宽容，好像忘记了我曾经的刁难，老朋友般地拉家常。正好在满足了我的虚荣心的同时，给父母的眼里添了点希望的光。我开始等信。

应付背公式和千方百计看懂电路图，为安装半导体收音机和无线电视机，钳工技术也不能马虎。这些成了我学习生活中最主要的忧虑。

我睁大眼睛，也无法看懂迷宫似的电路图。从操作房溜出来，到传达室找到我们班的信夹，从中找出我的信来，算准了有信，苏月舟来的。

我在路上已把信读了一遍，回到操作房，坐在座位上又读了一遍，然后再看了看图纸，迷宫还是迷宫，我干脆停下手里的活，从口袋里抽出信来，又马马虎虎地读了一遍，我才皱着眉头仿佛很认真地看起图纸来。

"你是在读一封很重要的信，对吗？"小组长吴基不知什么时候站在我桌旁，严肃地对我发问。

"不是看见我正在完成作业吗？"我对他一贯都不屑。

"要知道，这就是期末成绩的 40％？"

"对不起，先生，无论占分多少，我都不会。"

"要不要再给你讲一遍？"

"倘若与老师讲的没有两样，就不麻烦你了。不如干脆帮我弄好算了，你知道，我可是唯一的文科学生。"

"真是烧香找错了庙门。"

吴基边抱怨边真的动手帮我安装零件了。我很欣赏他最后这句话，有中国民族特色。

我拿了吴基安装好了的一个半导体收音机让讲师记了成绩，学校从学杂费中扣除 20 元的材料费，算买下来，让我们拿回家给父母交差。

苏月舟一放寒假就来到我家，给他的老师拜年，也顺便看看其他什么人。两天后，准姐夫龚玉明和姐姐也一块回来了。三室一厅的大套间也显得格外拥挤，妹妹已经学会害羞了，不大爱出门。爸爸妈妈在繁忙中重新年轻起来。

这年冬天的雪下得很迟，正月里才厚厚地铺在人们眼前。

"赵俊，天晴了，跟月舟赏雪玩去吧。"早饭刚吃过，爸爸就建议开了。

我穿着大套鞋，苏月舟穿着爸爸的笨重的雨靴。我们走过校园住宿区，沿着小路朝郊区走去，在那里找到一块有草的地方，雪格外厚实可人。

草地的那边有一片小树林，树林的边沿有些农舍和小茅草屋，都厚厚地披着雪。俯瞰河谷，河谷很深，谷底有一条脉脉小溪，有时，风从河谷吹过来，偶尔听得见叮咚的水声。

我们的双脚已贴上厚厚的雪土，我们离开这块雪地，转入穿过树林的小径，在树林里走起来软软的，脚下也会偶尔滑一下。

"应该穿有钉的鞋。"我说。

"可是现在没有。"他在安慰我。

苏月舟在路边的山坡上找些枯草扭成绳，系在我们的鞋帮上，这样脚下不滑了，可迈步却十分艰难。他走路小心翼翼像步履蹒跚的老人，而我呢，很像穿着和服的日本女子，对此情景我倒来了不少精神。

"赵俊，这样好的雪化掉了太可惜，我们堆雪人吧。"

我看这建议不错，便也童心大发，挥动双手在雪地里晃来晃去。

"我有一个理想，赵俊。"

"嗯，你说吧。"

"你说，两个人住在一幢小房子里，后面有树，前面有草坪，下边还有小溪流，田野里有草垛——这样活一辈子该有多好啊。"

"谁来养活呢?"我问他。

"我呀。然后再养一群小孩。"

"像小雪人一样简单?"

"像小雪人一样可爱。"

"哼，天仙配呀。"我冷笑了一下，"你应该是一位童话家或诗人，根本不应该是一个理科学生。"

"怎么了，你?"

"没怎么，只是我无情地打破了你的幻想，对不对?"

他一下不知该说什么才好。

我也感觉到我的声音干燥无味。彼此沉默好久，再也没有了对话。那个没有完成的雪人，在渐渐暖和的阳光下，慢慢化成雪水，弄得景色和心情一样黯然无趣。

我站起来没有看他。

但我完全能够感觉到他在一遍一遍地搓弄着双手，不知道是继续堆下去，还是该站起来，离开这个倒霉的地方。

"午饭的时间是不是快到了?"大约 10 分钟过去了，他竟若无其事地打破了沉默，撕去了尴尬。

"好像是吧!"

我佩服他，打心眼里佩服他，一次又一次地宽容我的尖酸刻薄和神经过敏。

　　我把手伸给了他。

## 5

　　两年的中专生活一晃而过。当新市一二厂厂长——吴基的爸爸亲自来学校挑选20名优秀毕业生，我也有幸被选中时，我对电路图还敬而远之。

　　我被分派到车间当钳工师傅，对此我心中毛骨悚然。好在我上班时，吴基总会在身边转悠，一旦有徒工提问时，他就会去那里充当我的角色，其时，我有说不出的尴尬，道不尽的难堪，在心中暗暗诅咒起我所学的专业。

　　清晨6点半，闹钟早响过了，我趴在被窝里不想动，看看玻璃窗上雾蒙蒙的一片，知道又是一个寒冷的上晨，怎么办？8点钟要准时上班，在被窝里多赖一刻钟，我就没赶上吃早点。我缩着脖子，哈着热气从宿舍赶到车间，车间里烟雾缭绕，热气腾腾，我的双手又僵又直。

　　这时有一位精神抖擞，显得格外勤奋好学的小姑娘，用真诚、恳切的声音招呼我：

　　"小赵师傅，这个孔应打在什么位置？"

　　我习惯性地朝周围看看，吴基没在视野内，小姑娘把电钻给了我。我颤抖着接过电钻，绝不好意思说我不会钻，思想一开小差，打开电源的电钻刚好碰在左手的食指上，一见鲜血淋漓，我便昏厥过去。

　　醒来的第一件事是打听食指是否还是一整根，听说是指腹肉被弄得七零八散，中指也稍稍受了点伤。

　　"怎么不等我来？"吴基坐在我的床边关心地问。

这话问得我才感到委屈，一个自命不凡的女子为谋生也被弄到生命难保的地步，我不禁一阵心酸，但我明白我不能轻易掉泪，这样别人还真以为我被感动了。在很多时候，人们不会无缘无故给你锲而不舍的帮助和热情。

厂方批假半个月，有些塞翁失马的甜头感。

苏月舟在一个月左右还是有一页信纸飞来，以纪念我们拥有的感情。

"俊，你过得好不好，适应新环境了吧？……"一拿上信纸，便觉得这份牵挂还算真实，我甩了甩受伤的手，居然记得问我过得好不好，一刹那间有泪雾似的东西蒙上眼帘，心里也仿佛一片晶莹。"英语学得怎样了？原谅我不能亲自辅导你……我爱你，同样爱自己的事业，这是一个男人做人应有的本分……"

我怎么忘了？他要等毕业后考奖学金留学，让我学英语，训练口语、听力，提高阅读水平，为的是有朝一日真能伴读，可以节约一笔请人授英语的开支。

"……有时候，我觉得自己又很庸俗，希望有一个全心爱我的天使厮守着我，为我做饭、添衣……"是的，这是他的心里话，为了报答他，我必须学会做家务。除了整天为看不懂电路图，不会用电钻而忧心忡忡外，我还在干些什么呢？我在努力不得罪自己虚荣心的情况下，很不情愿地想起"贤妻良母"这个词来。作为贤妻，姐姐是个很令人满意的模范，刚好有半个月假，想去看看她。我决心等手指愈合后，就开始学做些标志长大了的家务。

## 6

"妹妹，是你？怎么也不事先通个电话，好让你姐夫用单位的车来接你呀!"按响门铃,开门的是姐姐,她没上班了。结婚是一件奇怪的事,结婚半年后的姐姐除了身体显得臃肿之外,说话的声量比在父母面前亮多了。

姐姐上来拥抱我时,看见我手指上厚厚的纱布,便心疼地叫起来:"怎么回事?"

"电钻用失手了,现在没事了。"

"苏月舟有信吗?"

"还是一个多月一封。"

"蠢货!"

"原来班里那个叫吴基的,还是老关心我。"

"那也没什么。你的脾气犟,不要无缘无故地伤害别人。感情是无罪的,能过得去就行。"

中午 11 点半,姐夫回来了。他拍拍手,脱下手套、呢大衣,慢条斯理地摘下围巾——他不再是 9 年前那衣着朴实的农村人了!他西装革履,文质彬彬,头发一丝不乱,油光可鉴,一派上层人风度。难怪父母一直没放过他。等他一系列动作完成后,才发现了坐在沙发里的我。

"俊妹呀,请也请不来的客!"

"废话。我不是找上门来了?当官了,口气也优越多了。"

"哪里话,学了中文搞管理也新鲜……"

他的举止温文尔雅,并全方位地关心起我的生活。看见我受伤的手,就带着不无同情的口吻安慰我说:"苏月舟会有好工作的,那时你就不用再去工厂当什么工人了!"当年在我们家饭桌上我对他的不屑,看来他早已忘记了。韩信年轻时受胯下之辱,成了大将后还找来曾羞辱过他的街娃们,赐点东西,给点小官做做,不是更显他大将风度吗?

菜市上人们熙熙攘攘,满眼五彩缤纷的女人,偶然有几个神色慌张的男人作点缀，似乎是妻子快生产了才逼上菜市的。

"做菜要讲究色、香、味。颜色悦目首先就能引起食欲，香气扑鼻更能振奋人的进食冲动，自然而然让人想品味了。味要正，否则会前功尽弃，令人失望……巧妇难为无米之炊，因此买菜也是关键的一环，就是一份小白菜清汤，菜苗的大小相差也不能太大，否则影响美观。还有菜最忌太老了……"

姐姐滔滔不绝的烹饪经，仿佛还有更深更广的内涵，想也不会比电路图简单，她拧着菜篮子，扁着身体从菜市的这头移到那头，然后又折回身来买她看中的菜。

"一共多少钱？"看来总算要离开了。

"两块一毛三。"

"来，只有两块一毛二。"

"还差一分呢，挑来挑去的，还欠钱。"卖菜的是一位年轻的新潮女菜农，出语不凡，并不把买菜的人看在眼里。

姐姐翻了两个衣袋都没有分币，我顺手给了她两分硬币。

"给，找一分来！"姐姐对那时髦女菜农说，口气中毫无商量的余地。

我不禁笑出声来："姐，计较那么多干吗？"

"哼！你不想计较也得计较，你同情她们想标新立异，别人会你是发育不健全或有病……家常菜也讲究刀法，肉丝粗细要均匀，肉片越薄越显技术，豆腐就不同了，薄了没法下锅……"

姐姐把妈妈做饭的技术发展性地继承下来了，书橱里成套的《保健汤菜大全》、《烹饪学》，她的技术绝不仅仅停留在妈妈的水平上了。

姐夫下班回来就一头扎进"小霸王"电子游戏里。姐姐把菜纷纷摆上饭桌，盛好饭，才轻轻地去推推姐夫：

"玉明，吃饭了。想喝点什么吗？"

上了饭桌，姐夫又讲起刚才电子游戏什么"俄罗斯方块"之类，不知所云，我和姐姐都应付地笑笑。迷上电子游戏，总比爱上阅读征婚启事安全多了，我想。

饭毕，姐姐又忙不迭地收拾碗筷。我望着她劳碌的背影，心里有一阵隐痛：在大学生身边，姐姐是一位仅会做饭的傻厨娘，父母遗传的聪明只是偶尔在买菜时讨价还价才有发挥的市场。

## 7

我坐在宿舍开始学织毛衣，煤油炉上正烧着开水，全套的炊具已购齐。从姐姐那儿回来，我房间里小家庭色彩浓厚起来。

"赵俊，开始自己起伙了？"

"吴基来了？坐吧，坐吧，随便坐。"还是对他不冷不热，我又埋头织毛衣。

"织毛衣，……给谁呀…"

"苏月舟——这还用问吗？"

房间里一下静了，他没有出声，只让人感觉到煤油炉上的水即将沸腾。我有些后悔自己刚说的话。

"哐——"随着响声，我猛一回头，见他一拳砸在开水炉上，铝锅已翻了，火苗"嗞嗞"响，又黄又弱，吴基的手正滴着水，冒着烟。

"怎么了嘛？发神经了？"我对这突发事件不很理解，气愤地扔掉毛衣冲了过去。

"看错了……我……几年来……我！"他一边喘着粗气，又顺势抓起我刚买回来的菜刀，我已意识到他要干什么，跳到另一边操起水果刀，对准自己的太阳穴命令他：

"扔掉！你干什么？把刀扔掉！快——我要动手了。"

他把菜刀扔在窗外的空地上，跨过来，我也赶紧把水果刀丢了出去。

"你要干什么呢？我走还不够吗？"他眼里弥漫着怪模怪样的温情。他的手通红，眼看着起了水泡，当务之急是去医院。

在医院刚敷好药，他的母亲就气喘吁吁地跑来了：

"……怎么了……你……孩子……怎么了……"

"我帮赵俊灌开水，不小心灌在手上了……没事、没事的，妈妈。"

他的母亲没有我妈妈那种小知识分子特有的孤傲，却也不失高雅，她得体地宽容地笑笑："你没事吧，小赵？"

"多谢伯母，我没事。"我的难堪被她的微笑释放了。

**166**

为什么，这是为什么呢？回到宿舍，我拼命地问自己，是不是没有好好回顾和清理自己所走的路程？几年来，吴基没有一个字曾冒犯过我，更没有一个动作或眼神让我不安过，我能明白他的艰苦的用心，每次作业都是他帮做，每一个小小的困难都是他来解决，我没有拒绝和逃避，这份依赖就像太阳从东边升起又从西边落下一样自然，在不知不觉中，我才发觉自己已无退路。

找出苏月舟所有的来信，两年了，一共不过十来封，主要内容也无非是要我如何学会做饭、烧菜、添衣、学英语之类，至于我是否能看懂电路图，敢不敢用电钻，他一点也不清楚。苏月舟固然是位优秀人才，祖国的栋梁，等我完全面对他时，我的手指怕是残缺不全了。他的承诺和感情，是一份珍贵的、遥远的、闪烁的记忆，对他，我突然丧失了勇气。

3 天过后，我买了 2 斤苹果去看吴基，他手上还涂着紫药水，满脸羞愧。

"赵俊，原谅我，我没有权利对你那样野蛮无礼。"没有旁人的时候，他说。

"事情已经发生了，不要说对不起。如果你真心想跟我过日子，还得给我爸爸写封信，因为我是他女儿。"

说这话时，对苏月舟的歉疚已消失，我想他不应该因为失去我这样一位不值得他留恋的女孩而不平衡，倒反而觉得伤了爸爸的心。

## 8

"五一"节是爸爸50岁生日，我回家了。姐姐姐夫抱着小外甥也回来了，他们买了一瓶茅台和一个生日蛋糕，给爸爸的生日摆了个漂亮的排场。他俩在邻里、父母眼里是一对传统的相敬如宾的令人羡慕的恩爱夫妻。第二天一早，他们又走了，就是这样来去匆匆，也是颇为体面的。

屋子里冷冷清清，死气沉沉。我回家的另一个目的是想看看爸爸的反应，一天来，他不吭声，我又无法开口，也不好回单位，心里忐忑不安，老是担心邮局把吴基写给爸爸的信弄丢了。

晚饭时爸爸一直都一本正经。妹妹去晚自习了，妈妈又在厨房里忙着收拾碗筷。

"赵俊，最近是不是有一个叫吴基的人跟你好上了？"爸爸终于冷冰冰地发问了。

"是的，爸爸。"

"不是闹着玩吧。"

"不是，爸爸。"

"哼！"爸爸一拍桌子站起来，还是撑不住火了，"无法无天了！不知道你现在受些什么样的教育？你——苏月舟一个名牌大学生哪一点配不上你？他——稳重又可靠，跟了他你有享不完的福，我的眼光会错吗？看看你姐夫姐姐，他们过得多美满幸福，多让人羡慕！什么无机（吴基），有机的！一个男人读个中专拿来干什么？写一封信就出三个错别字！语句还不通顺，意思闪烁不明，表达没重点没中心……"

不堪入耳地剖析一个人的语言，竟会从爸爸嘴里滔滔不绝地流出来……哦，这就是我崇拜了多年的爸爸，哦，爸爸！不要怪我变得陌生和无情！

"姐姐幸福吗？我们清楚吗？吴基他如果是中学语文教师也绝不会写错别字，可您，也未必能看懂电路图！"

"什么，你在说些什么？哪里学来的利舌！"

"从哪里学来的，你都不清楚，我怎么会知道？"

"你……你呀……"

爸爸指着我，弓着背，气得失去常态，咧着嘴，提起的左脚在半空中停留了几秒钟，又咬紧牙轻放下去，眼镜随势掉在地上，声量压了又压，他气愤地清醒着、痛苦着，他不愿让左邻右舍的小知识分子们知道他最疼爱的女儿给了他痛击。我终于明白，我像爸爸，不是鼻子，也不是眼睛，而是嘴。

"赵俊，不要顶嘴，看把你爸爸气成什么样子？又不是不懂事的小孩，冷静点，想想爸爸的话也不无道理！"妈妈从厨房里跑出来，在关键时候，忙着拉窗帘，关闭大小门窗，表情毫无褒贬色彩。

"你！明天就走！就算我没养你！以后也不要回来，不要叫我爸爸。"

沉默了许久，爸爸捡起了眼镜，擦了又擦，我猛然记起小时候，他在河边为捞我掉眼镜的那一幕，这两者是那样相似，单是爸爸老了许多，花白头发在那闪着亮光。原谅我，爸爸。

复杂的情绪从心中流过，仅一闪，像天空划过一道流星，一切又恢复平静。

"好吧，爸爸。"

我知道，我的这个决定，已把医治不好的苦痛永远地留在父母心上了……躺在床上，我几乎要哭出声来。

清晨5点。爸爸还没起床。我要乘早班车回单位了，我知道，吴基还在厂门口等着我的笑脸。

"吃点东西再走。"妈妈说。

哦，就听这语气，足够了，还需要吃什么呢？我想，父母没打算在短时间内原谅我。

清晨的车站人声鼎沸，人影闪动。妹妹握着我的手不语，她已是高二学生，读理科了，她终于离开了爸爸的文科班。

发车的音乐已响了，我分明的是另一种古老的熟悉的旋律，仿佛看见不倒翁在永恒不变的乐曲中艰难地歪歪斜斜摇摇晃晃地站起来，站起来……

## 9

我从车间调到教育科办公室里工作。这间办公室里除了几份报纸和几本教育杂志外，还有一台旧式中文打字机和一张办公桌。先前这里没人上班。

我动手整理这间办公室，先找来工人把墙粉刷了一遍，贴上墙纸，又买来几幅世界名画，再在窗台上摆一盆仙人掌。我历来就喜欢这种长满刺的怪东西，它使人一见就警惕，至少不会让人产生随手就动它的念头。

空闲的时间多了，我又觉得无聊。吴基上班时忙着到车间，下班时又忙着来接我一块走回宿舍，去集体饭堂吃饭。

几千号人的眼睛总是盯着我，看着我一个小姑娘从车间小师傅一下跳到教育科办公室去了，羡慕之余，忘不了瞄瞄总跟在我身边的吴基。这种眼光我能读懂，我在摆脱了父亲的安排，摆脱了清华才子的影子后，我知道又不知不觉地生活到另一种影子里去了。这恰恰又是我最不愿意的。

"吴基，如果有机会，我还想出去读书。"

"还学这种破电路图，钳工技术？"

"我会吗？傻瓜，别忘了我是文科出身……"

"你后悔了？你在想念你爸爸……"他抚摸着我的头发，停下来。他总是这样敏感。

"没有的。傻瓜。"

"不要骗我，其实热爱父母是儿女们应该的……"他望了望我，"我会请求我父亲给你这样的机会，只要你愿意。"

几个星期后。

我在办公室里正看从姐姐那儿弄来的《天边外》，吴基手里扬着一只白皮信封，飞快地从窗外奔来。

"看——我拿什么来了？"

原来是 S 城 D 大学招收助教进修班学员，学制一年。

"从什么地方弄来的？"我惊异起来。

"我老爸的一个朋友那儿。"

"不是只收助教吗？"

"你去考一考，让某个学校出个证明不就行了。"

去试一下，这是我首先想到的。

"现在借书能行吗？……现在……"我又对突如其来的希望迟疑了。

"试试吧，你的中文底子还好，你不是很想出去读书吗？"

"好吧，我试试。"

我的"文化苦旅"开始了，教育科办公室成了我临时的书斋。我全力以赴复习所考科目，有时甚至通宵达旦。

7月19—20日，我去师专参加了考试。

正如我当初未能料到被理科学校录取一样，现在我又被文科学校重新录取——我拿到了入学通知书。

9月初，我第一次被吴基父母请到家中聚餐，算是为我饯行。我的父母气量小，没来。只是妈妈写来了一封信表示鼓励和支持。

"小赵，厂里的工人大多数文化素质不高，等你到大学里认真学习，学好后回来把厂里的文化补习班办起来。"

"好的，吴厂长。"

收拾行李已经进行了好几天，到头来还是乱糟糟的。越是接近我开学的日子，吴基就越显得格外惊恐，有时候，他一个人坐在一个角落里，能呆坐上半天，我知道他在惊恐些什么，他在担心些什么，那个可怜的孩子。

那晚去电影院看电影时，他握着我的手，一直到电影结束送我到宿舍门口，他还不肯放开。

"吴基，是不是要我跟你结婚，你才放心？"

"不，不……这是……不行的……"他艰难地语无伦次地支吾着。

"别这样，傻孩子，开心点。"

对他，我突然变得像一个母亲对孩子般慈祥，对他说话也以一个旁观者的身份带着居高临下的口气，我不知道自己是真的变心了，还是吴基这个男孩太聪明了。

9月5日，吴基去订7号的票。回来时，他一脸沮丧："卧铺要提前一周才有，只有硬座票了……你还是过几天再去吧，反正也迟到几天了……"

"不行。拿7号晚上的票。"

就这样，9月7日晚饭后，他拎着皮箱，一直送我到站台，当他汗盈盈地把皮箱和牛仔包从窗口递进来时，车已快启动了。

我听不清他在急着讲些什么，后来只看见他跟着车跑了一程，又拼命地挥挥手。

列车疯狂起来，把这个车站，连同城市的灯光和他抛在身后⋯⋯

## 第二章

### 1

我敲开了 D 大学南区学生宿舍 26 号楼 202 室，露出半张女士的脸。

"我也住 202。"我给她亮了亮住宿传票。

"还以为就住我一个呢，真好，有个伴。"

她开了门，热情地接过我的皮箱，又来接牛仔包。

"学什么？"

"中文写作。"

"你叫什么？"

"赵俊，"我友好地冲她笑笑，"怎么称呼你呢？"

"何仕雯，你就叫我阿雯好了。"

"阿雯，你也读中文写作？"

"嗯。遗憾的是这年头中文不时髦了。"

阿雯帮我铺好床后，又领着我去住宿区的商店、食堂、活动中心走了一圈。

"结婚了吗，赵俊?"

"没……还没，才 22 岁呢……"我低着头说。

"可有男朋友?"

我含糊地点了点头。

"真是小妹妹一个，都什么时代了，还这么羞答答的样子。"

下午 5 点，疲惫不堪的我，才想起那个为我送行的男孩，我去拍了电报，以报平安。

没出 20 天，一封电报从厂里发来，说吴基出事了，速归。想来，居然要我回去，当然不是好事，我的心早已悬着，只是不想说出那种预感。

风尘仆仆地赶回去，吴基没来接我。我见到他时，那个傻孩子已安安静静地躺在一只特制的盒子里。

是因为用电钻，操作时触电，意外事故。

我整日坐在一把藤椅里，像动物一样蜷着。任凭空虚缠绕着、包围着，也任凭死一样的寂静在那里侵蚀着我的灵魂。我的记忆里还盘旋着吴基的音容笑貌，哪怕是那些无味的争吵也显得异常珍贵了。我甚至还想到奇迹还会出现，一种意外的无名的奇迹，或许触电的不是他，或许根本就没有发生任何事情，这只是一场噩梦。可是这梦一直没完没了，我走也走不到它的尽头。两个星期来，我已经不大说话，也不出门。父母们在一个劲地劝我返校，他们很善良地期望我换一个环境，换种心情，能摆脱空虚和那种令他们担心的一言不发的威胁。

回到学校，我记忆里揣着一只拿也拿不掉的盒子。

每到周末，我的心总是孤独得差点碎了。看着户外的黄昏，数着凉风里个个行人。他们或独行，或成对成双，或成群结伴，或骑车，或谈笑风生……娱乐厅的灯光已旋转起来，歌声也悠悠地从远处传来……对面窗帘纹丝不动。

我的周末，在蒙蒙灯光下，在一个空荡荡的屋子里，在一堆文学书前面，或许因为一个变得陌生的名字和一张熟悉的面孔，也或许是一盘磁带中一首忧伤的怀旧歌曲纠缠着情绪，让人久久不得宁静。

我就在这个角落里从下午 5 点坐到晚上 7 点半，接着又坐到 11 点半，或第二天凌晨。

我站在无名江边的堤栏桥前，凝视远方，我也说不清在看着什么，已经好几个小时了。阿雯紧紧跟着我，拉着我的手不放。

"别这个样子，小妹妹，我们回去。"

她显然误解了我。我在心里感谢她这位善良的人，心里裹满了雨。

174

## 2

又一个周末匆匆忙忙地赶来了。

"赵俊，你也打扮一下吧，一个朋友要来请我去跳舞。他 7 点半来，你也去。"

"我不大会跳，还是待在宿舍里吧。"

"怎么还放不开，还学中文呢。"

7 点半，敲门声准时响起。阿雯从 6 点开始化妆，此时已完毕，她的嘴唇涂得鲜红发亮，像一颗熟透的草莓。她蹦过去开门。

进来两位男士。

"黄克，国政系硕士研究生。"阿雯亲热地拉着其中一位长得很魁梧、英俊的男生对我介绍，"我叫他阿黄，你也这么称呼他吧。"

"这位是肖峰，阿黄的小朋友，经济管理系本科生。"

叫肖峰的男孩点点头，的确是个小男生，虽然穿得很干净，但不像阿黄那样考究。

阿雯又指着像蜗牛一样蜷在座位里的我："赵俊——我们班的小才女。"

我礼节性地站起来，懒懒散散地走到他们跟前，与他们一一点头握手。跟阿黄握手时，我看了他一眼就惊了一下。

"舞会早就开始了，走吧，赵俊也去，肖峰正好没舞伴。"

"阿雯，你们去吧，我不大会。"

"肖峰教你。"

"你们去吧，我说了我不大会，阿雯。"

阿雯听出我的烦躁，对他们递了个眼色，掩门出去了。

哦，上帝！天下事无奇不有，这个让我惊了一下的阿黄像他吗？像他。像那个现在在千万里之外的安安静静躺在那只小盒子里的傻孩子吗？鼻子？眼睛？还是声音、神态？是笑容，是那种挥不去的笑容。我后悔没跟他们出去，说不定他们还在门外，我追出去，过道里静悄悄的，没有一个人影。我重新坐在这个角落时，心里多了一份期待，一份起死回生的期待，期待那个阿黄明天会再来。

我开始重新注意衣着的整齐，颜色的搭配，两条清纯朴实的小辫子也扎起来了。

我等候每一个中午，每一个黄昏，回忆着见到阿黄的瞬间的眼神、笑容，离去的背影。我希望还和他说话，想听他的声音，哪怕是嘿的一声轻呼。一想到他的样子，我莫名地紧张起来！

等到他们第二次光临，已是第二个周末。我显得精神些，愉快些，并主动跟他们答话，而且计划着这次一定要跟他们去玩。

"阿黄住几号楼?"我问。

"五号楼。从这里可以看到我的窗。"他随手指了远处那一片房子。我记住了他指的方向。

"你几岁,肖峰?"

"21岁。"

我正想着说什么,才发现他们的眼里并非全是热情,而是怜悯。我对周围警惕起来,像仙人掌一样,用特别的方法把自己保护起来。在心里,我深深地想念着阿黄的窗。

没有课的晚上,我总心神不宁地坐在角落里等待灯光,一次次都失望了,因为我知道,这个时候阿黄正和阿雯在一起,或许去散步了,或许去了电影院或图书院或别的什么地方。即使是起风的夜晚,我也开着半扇窗,却只有风。风一吹,红色的窗帘便掀起来,啪啪直响,不知是在厌恶,还是在嘲笑我这不正常的举动。

有雨的黄昏,我更盼望着灯光。阿雯不知什么时候已经出门了,窗子旁边只有我的那把紫色的小伞倒挂在那里。我望着户外的黄昏被雨淋得透湿,有一些雨被风使劲地打在玻璃窗上,拉下一条条小水道,模糊了我的记忆和视野,一边数着雨声,一边在一片朦胧中猜想没有灯光的窗户里的人在干什么? 是不是偶尔也会想起我来?

吃过午饭,阿雯就开始在那里折腾,几乎找出箱子里所有的衣服,一套接着一套试穿,像时装表演,在屋子里走上一圈,然后又换另一套再走一圈,过后再换换发型,再重新表演一遍。

衣服穿得差不多了,又把绿的、白的、红的、黑的、棕的,高跟的、中跟的、平跟的皮鞋全找出来,一双双扑灰、擦油。接着又大排场试穿。

176

她兴奋得几乎让人误解她有疯癫症。

"赵俊，你觉得我穿什么最好？"

"那套白的，再配双白的平跟皮鞋。"

"眼光真不错，跟艺术家一样。"她笑了，从抽屉里翻出一张照片递给我。是一位瘦削的，留着披肩长发、背着画夹的男士，他眼睛玩世不恭地盯着你。一拿上这照片，就有一种强烈的粗犷的放荡不羁的气息迎面扑来。

"美院的，油画很出色，他也认为我穿白色最好——不幸的是，他是我男朋友——"

"怎么——？"

"我好像不再爱他了。"

"阿雯，你真的爱上阿黄了？"

"是啊，人在感情中，身不由己呀！"

是的，和她那"不幸的男朋友"相比，阿黄是另一种类型，阿黄的父母是高级知识分子。他有着高贵的出身，性格温柔而多情，言谈举止显示着20多年来严格家教的痕迹。如果一个人吃腻了荤菜，必定希望换换口味，这样想来也就很容易原谅阿雯，而且这本身也是事情发展的必然，因为喜新厌旧是人类共同的弱点。

### 3

周日下午5点半，我才从文科图书馆回来。手里拿着钥匙，刚准备插进匙孔，就听见从屋子里传来阿雯和阿黄的声音。

"开心点……阿雯，如果你一不高兴，我会同样十分忧伤……"

"……我已决定和他分手……"

"……"相互纠缠的声音一浪高过一浪。

见鬼，为何偏偏要这时回来！我的心里装满了虫子，感到阵阵恶心，我恨不得要从这楼上飞下去！

"赵俊——"

在楼梯口，肖峰迎面走来。

"我刚好想要找你。"看见他，我松了口气。

周末被雪雨淋得湿漉漉的，浪漫的两个人在路上寻找周末的色彩，可是，天公或是有意，把一些五色斑斓的希望淋得稀烂。

周一、周四晚我有选修课，肖峰都一直徘徊在教室外面等着我下课，然后又默默地送我回到南区门口。

"你应该到附近走走，赵俊，别老闷在学校。"

"为什么要用这样同情的口气跟我说话?!"

"我没有想要同情你，我是真心的……真心……"

"你还这么小，……你怎么会懂什么是真心不真心的呢?"

"你一直把我当作什么都不懂的小孩吗?"

"我们不探讨这个问题，好吗?"

"为什么不？再过4年不够吗？再过4年我25岁。"

"可是，我差不多快到而立之年了……说不定早死了呢……"

"不要提那个可恶的字!"他几乎生气了。

那个字和那种特制的盒子都一样冷冰冰地藏在我的记忆中，瞬间，我又忧郁起来。

"你回去吧，南区要锁门了。"

"你先走，我在这里看着你走。"

"肖峰，不要这样，仿佛明天谁就要……"

我又一次想到那个字。

日子是如此的相像，竟感不到它的流逝，我的这颗心，似乎被板结的尘灰包裹着，在短时间内再也没有兴趣去考虑别人的幸福，我需要感受一种忧伤，在孤独中，我的性格也变得温和了。

## 4

台港文学专题讲座 。选修课。是一位须发花白的老教授在任。开初大家的心情都一样，深为他的这份热情所感动，都准时赶来听课。

有一天余小秋终于忍不住要我帮她递请假条，她说自己生病了。其实，她正蒙头睡觉，她的活动多半是在晚上，所以白天睡觉的工夫谁也比不过，她几乎从早上到晚上，中间除了去WC外，可以在床上一动不动。

后来递字条的人多了。余小秋知道自己开了个极坏的头，有些愧疚，她下决心要去听课了，涂了口红，描好眼线，正准备出发，她的男友"大哥大"来了，她又一改主意，放下书本，挽着"大哥大"的胳膊出去了。这一走就是半月才归。

黄昏里，只听见小秋在隔壁屋子里大声宣扬她的誓言，她"要订一张永恒的车票或船票，登上一辆永不回头的列车或客轮，抱一把从不调音的吉他，像吉卜赛女郎一样，永无归期，让她的情人们迷失方向，然后再从沿途的车站或港口岸寄许多明信片来，描述她在途中所见印象，就像是把她的生命或用生命写成了长诗撕成碎片，分给她的情人们，给他们一些飘渺的希望……"

听这门课的人后来越来越少，让人一看就知道是老教授带着他的研究生在聊天。

班主任组织班委通知开会，准备了两天才把人聚拢。

会议室小而雅致。男生们在抽烟，把这里搞得烟雾缭绕，几个班委在分发小吃和饮料。

"我非常喜欢开会,"小秋吃着巧克力,一脸的兴奋,"不知为什么,就是不想上课……"

## 5

整个寒假,以至来世的近四分之一个世纪的光阴,不知从什么时候开始,我也学会了不言不笑不动不行地待在属于我的那个角落里,想心事。直到寒假快结束,牛仔包又胀起来了,我才感到时间走过的匆忙。

春天是一个恋爱的季节。

阿雯和阿黄配合得非常默契。阿雯开始迟到早退,发展到逃课,后来简直失去了现实感,失去了时间观念,失去了日常饮食起居的节奏。他们白天黑夜都关起门窗,在那间小屋里肆无忌惮地欢畅或者笑得旁若无人的时候,我正被关在门外。

他们俩像漂浮在另一个世界,日常唯一现实的主题就是情爱。有时从早上到晚上,从晚上到早上,我都成了一个无家可归的孩子,总被其他女生像收留乞丐一样捡去留宿。

阿黄无止境地讨好阿雯,不反对她,唯她命是从,使她终于对百事如愿的单调生活感到厌倦,她想起了粗犷豪放的画家来。

阿雯说,她要给她那"不幸的男朋友"写封信,告诉他这样一个矛盾的现实,她申明她渴望见他,还是打心底欣赏他,似乎还在深深地爱着他,同时她又不得不承认,因为命运的缘故,目前生活中又出现了一个阿黄,而且越来越离不开他了。

出乎意料的是,两星期后,浪漫画家给阿雯一封心平气和的,几乎是老父亲般的口吻写来的回信。洋洋洒洒四大篇,都是提醒阿雯在感情上要专一,不要反复无常,并希望她和阿黄要珍惜现在拥有的感情，好好相处，一定要有结果，并祝福他们永远幸福。浪漫画家的态度这样坦然，使阿雯的情绪从一个极端降到另一个极端，她觉得自己受骗了，浪漫画家肯定早就厌倦她了，想要抛弃她，而目前正是阿雯自己给他提供了一个借口，因而使她感受到一种侮辱。这种侮辱感，使阿雯从情爱的怪圈里摆脱出来，重新恢复了常态，减少了与阿黄的约会，同他保持一种异乎正常的恋爱关系。

高贵而敏感的阿黄，有一种被玩弄的感觉，他认为阿雯是个无常鬼，是感情不专一的放荡女子，在越来越少的来临和一次比一次沉默后，阿黄有了一个自认深思熟虑的决定。

周六下午，阿雯和我坐在自己的角落，想着心事。我望着阿黄的那幢房子，看见黄昏中，他步履坚毅地走过来，阿雯兴奋地站起来，显然她也看见了。几分钟内，换好了那套雪白的连衣裙和白皮鞋，这是她暮春里第一次穿出来。她熟练地涂了鲜亮的口红。我羡慕她有这样丰富多彩的爱情生活，却又固守着自尊，不肯透露。

正当我和阿雯都觉得阿黄早该来敲门的时候，却看见余小秋吊在阿黄的臂弯里，从我们的窗下走过……

# 6

作品展的准备工作已进行几周了。

阿雯在空隙里一遍又一遍地读着浪漫画家那封长信，正好让她怒不可遏的感情有一个回旋的空间。

阿雯一天接着一天熬夜，从她布满血丝的眼睛里可以看得出她想在作品展一露锋芒，以期给余小秋一种无声的回击。

"我有一种感觉，一种不正常的预感，赵俊……我感觉到，我即将什么都要失去了……"

"别胡思乱想，阿雯，睡吧……"

黑夜的来临仍让阿雯没有一丝睡意，我听见她辗转不停，还不时地叹着气。

"前天，阿黄说他来过几次我都不在，可他知道我在图书馆、资料室，我正在准备参展作品……他说他来过好几次，我们都不在，你去什么地方了呢？跟肖峰玩去了？"

"是吧……我记不太清了，好像是跟肖峰出去了……"其实，我没课时整天都坐在屋子里，可阿黄并没有来敲过门。

"……看来他还没忘记我……"

一个二十八九岁的成熟女性，仍像初恋少女一样坠入爱情的陷阱，在那里痛苦无望地挣扎，这会是一种什么征兆？

"阿雯，参展作品你最得意的是哪一篇？"

"《过去的日子》。"

"诗，还是小说？"

"散文……"

"乐观些，班里现在最有希望获奖的就是你和小秋……"

"别提她了吧，那个巫婆还趁机自己掏钱开作品研讨会，东拼西凑的一点歪诗，也配开研讨会……"

"……"

学校大门口的展览橱窗里，大幅地推出学校中文系送国家级作品评奖的情形。余小秋是我们班唯一获奖的人。

余小秋的诗，像她的人一样被大部分人看不懂，诗里似乎有少女浪漫的情调，也有怪诞、梦魇般离奇的幻想，还有更多的像"中草药"样的看不出味却品得出味的苦难岁月和心的历程……很多人则更多的佩服她走南闯北的勇气和对文学疯狂的执著与真诚。

阿雯的勤奋和真诚总在无形中被一根绳子捆绑着，无论是诗、散文，还是小说，总离不开忧忧郁郁、反反复复的，在大家的观念里看似幼稚天真甚至是无病呻吟的情愫。

小秋今天被一个男孩子搂着腰，不出两个月，你看到她时，她又在另一个男士的臂弯里散步，而她始终带着胜利者的微笑。无疑，她事业的成功就像爱情一样，除了一些人为的举动，更大程度上还离不开天赋。

## 7

周六晚上 6 点，我无处可去也无人可拜访。有一个传呼电话在楼下等着我去接。

我拿起那个红色的电话筒。

"喂——"

"赵俊吗？是我……肖峰……"

"哦，肖峰，有什么事吗？"

"别走开，我马上过来……"

这又是一个十足的傻瓜！通过这种方式来跟我约会，我不禁笑了。5 分钟后，他便气喘吁吁地出现在玻璃窗外。

"有什么事吗？肖峰。"

"看电影，看场电影好吗？"

"……"

"奥斯卡金奖片……《出租汽车司机》，电影广告上这么写的……"

对他这般固执的约会，我无话可说。

他买好票，离开映还有半小时。我们在摩肩接踵的人群中游荡，那些灿烂辉煌的霓虹灯和伴随它节奏起伏的各种声音，让人不得不想到人们白天所有的奔波、忙碌和辛苦，就是到了夜晚也不得安宁。

"还有点钱，去喝杯咖啡，好吗？"

我心不在焉地应付着他的热情。跟着他顺便走进路边一家咖啡馆。一位机器人般的服务小姐走过来：

"这边是情侣室……"

"不，小姐，我们只想喝杯咖啡……"虽然害怕伤害这个傻男孩，对别人善意的误解，我也一丝不苟地纠正。

我们捡了一个角落坐下来，马上就有人送来两杯热气腾腾的咖啡。

"夜间服务，清咖每杯 8 元，加糖另补钱。"

"我最喜欢喝清咖……"我紧张地看了肖峰一眼，深恐他拿不出足够的钱来应付这种虚假的高雅！我是被他临时叫出来的，根本没带一分钱。

喝下那杯又苦又涩的清咖，根本觉不出它什么地方值得付 8 元人民币。

电影院倒是很舒适，开映时，放的却是一部台港影星打闹凑趣的娱乐片。

"……我也不知道会是这样的片子……"

"没关系，反正也来了，笑笑又何妨？"

他很快就进入角色，而我的心在什么地方徘徊，感情在什么地方流浪，我一点也不知道。

回来时，我们没有足够的钱去乘公交车了，只有在这大都市繁华的街头，急匆匆赶路。

"别生气……赵俊……别生气。"他赶上我的步子，"我知道你不喜欢我……你在喜欢他……"

"谁？"

"黄克。"

我顿了一下，继续赶路，我要用坚定不移的沉默使他真实地感觉到我的陌生。

## 8

晚上听完选修课，又去附近夜市转悠了一圈，回来已是 22
时 35 分。

回到宿舍时，远远地看见我们住的那幢楼门口围了几圈人，
沸沸扬扬，异常嘈杂，只听见有人说："……十多二十年的书
是白读了……"

"为什么想不开……"

我的心猛地紧缩了，有一种不祥的预兆笼罩着我，上天，
不会是她，不会的。我扒开层层人群挤过去，水泥地板上一摊
鲜血正在蔓延，一床凉席盖着一个人，只露在外面的一双穿着
白色平跟鞋的脚，让我感到特别熟悉，是她，阿雯。

为什么会这样？

余小秋她们围在那里议论不休，其中一个看见我，便哄地
围过来。

"跟你住一室的？"

"最近她有异常举动吗？"

"为什么要跳楼？"

我几乎成了被采访的焦点……

救护车停在一边已无用武之地，警车也停了一辆，装模作
样地保护现场……阿雯，就这样走了吗？就这样爬上六楼，像
摔东西一样，毫不吝惜地把自己从这个没有你留恋的世界扔到
另一个同样糟糕的世界去了。

阿雯，来收尸的是你那"不幸的男朋友"和你的老爹，碎
心地痛苦之后，他们抱着装着你的那种特制的冰冷的盒子，送
你回家……

余小秋她们帮我搬宿舍。

白天夜里我都摆脱不了阿雯的影子，我几乎每天都冲进浴室，披散着头发站在水龙头下，一站就两个多小时，身边裸体女士们换了一批又一批，只是我木偶般挺在那里，令她们频频回头。应该说我对死亡并不陌生，阿雯那"不幸的男朋友"扶着阿雯的老爹，一手抱着那只装着阿雯的盒子，永远走不出我的记忆。

当我收到一张没有地址的明信片时，我才明白肖峰放弃了期末考试，已经不辞而别。这张明信片是他在途中的车站发出的，谁也不知道他要到什么地方去。

"赵俊：匆匆间，一年时间就这样过去了，我会想你的。肖峰。"

肖峰，衷心祝愿你找到你的落脚点，无论这个地方是否遥远，我都将真诚祝福你。再见，只是一次分别的悲伤，更多的颜色在眼中流淌，是不是？

## 9

决定拍毕业照这天，正好是阴天，似乎还飘着小雨。摄影师调好焦扶着三角架对我们喊："注意啦，笑笑，自然点，一、二、三……好！"

我一直都很自然地站着不动，直到大家都散开了，我还站在校门口，不知要走向何处。

我没有像阿雯那样为爱情死去活来过，更没像小秋那样吉卜赛女郎似的拎着吉他，为了事业或所谓追求在生命里涂满五彩斑斓的幻想而转战南北。我想简单，也想轻松。

一年来，母亲的信如夏天的黄叶偶尔飞一片来，以纪念我们拥有的血缘关系。父亲在那遥远偏僻的小县城的某所中学里寄来一张 400 元钱的汇票，附言栏里写着："回家路费。苏月舟已放暑假，他在等你。"

"苏月舟?!"

往事潮水般涌来——这个差点被遗忘的名字在我的嘴唇间跳了一下，它是有些陌生了。

我的眼里只是突然为父亲的一点施舍充满了泪。在黑夜和沉默中一次又一次悄然淌下的眼泪，证明我并非一个真正坚强且麻木的人，我只是不愿把自己无力的感伤在大众面前出卖罢了。

黑暗中，有一种声音飘过来：

"你无论走到什么地方去，都应该记住，过去都是假的，回忆是一条没有归途的路，一切已往的春天是无法复原的。那最疯癫而又坚韧的爱情，归根结底也不过是一种瞬间即逝的现实。"

## 10

阿雯已经找到了她的归宿。

小秋拎着那把从来没调过音的吉他，用积攒了几个月的稿费乘飞机去了深圳，以继续实现她人生的浪漫。

阿黄还在不断地往这幢楼来，他在不停地送鲜花来，每天一束，给我，哪怕每次都被我拒之门外。

世事也真这样，你刻意去等，根本没有结果，等你放弃时，意外的结果来得令你措手不及。

这间新搬的小屋原来空荡荡的，现在被鲜花打扮得像 5 月的花房。

我相信阿黄是一个具有无穷智慧和想象力的出色情人，在没有了阿雯和小秋之后，看见他无所寄托锲而不舍地为我送鲜花时，我还会在心里隐隐地给他一种疼爱和牵挂。我没有勇气拒绝他的鲜花，足以证明我并非那种真正有骨气、有个性的女性，而是一个自私透顶，甚至有些卑鄙的小女人。

回家的火车票是 0 点 51 分的，我想跟这里的一切悄然辞别。

还有 5 个小时，我想散步，想在南区花园式的住宿区内踱来踱去。

当娱乐厅的灯光旋转起来，歌声飘荡过来时，我发现是周末。我没有兴趣进舞厅，或轻歌曼舞，或狂歌劲舞，我需要积蓄一种宁静的心境离开。

我去了活动中心。想去三楼阅览室翻翻期刊，以关心目前的文化动态。路过二楼自修室，看见自修的学子黑压压一片正埋头苦读。娱乐厅与自修室遥相呼应，会让人感到它们彼此也相映成趣。

我只瞥了一眼，就看见了黄克。我突然意识到这逃也逃不掉的安排让临别时的心境会是什么样子。

我内心挣扎着离开了那个窗口，走向三楼阅览室——我在此待了不足一个小时，便神使鬼差般地回到二楼那间自修室门前。犹豫让我的双手不停地颤抖。我还是轻轻敲了敲玻璃窗，屋子里那么静，有几个人抬头望了望这边。

他来了，掩饰不住内心的喜悦飞在眼角。他来了。

楼梯口在拐弯处，很静，只有灯光黯淡地泻在那里，恰到好处地掩饰了我紧张的表情。

"想看看你。"我支吾着想解释什么。

"就只想看看我——因为我锲而不舍地给你送花？"

"不……"

"到底什么事，嗯？"他的眼神缥缈起来，"知道吗？你不告诉我，我的论文答辩将是一塌糊涂……"

真的吗？这是真心话吗？我突然觉得自己无比满足和幸福。

"我一开始就认为你在喜欢肖峰……阿雯她……小秋她……"

"我不想谈这些无聊的事。"我说，我的心情一下子被他弄得糟透了！难道真的要不欢而散?!

"什么时候回家，你?"

"还早着呢。"

"到时我送你，好吗?"

"嗯。"我有些心虚地说，眼睛不敢正视他。

"来，拉钩发誓你说的话都是真的。"

他把手伸过来，我惶惶地推开他，一个美好的形象在我心中变得粉碎。

"不高兴?"他低过头来，"那么，今晚有什么事要我做吗?"

"没有，我只想看看你，我要回宿舍了。"

"我送你吧。"

"不，谢谢你。"

"我知道没有什么话可以说。我说不出——"

"不必说什么，也没有什么可说的。"

"不，谢谢你。"

"我不知道肖峰他……"他又说。

"我不想再提这些，阿黄……"我的心里装满了细碎的玻璃片，我头也不回地走向楼梯口。

"赵俊——"他突然大叫了一声。

"我很想……很想送你走一段路。"他跟过来几乎有些绝望。

"不。我说过，不用。"

现在，此时，高贵的出身又有何用呢？

小秋说，人活着何必将自己紧紧地包裹起来，哭当淋淋漓漓地哭，笑当痛痛快快地笑，即便没有甜美的果实，即便顷刻化做尘埃也没有白活一世。

梦永无不是人生，阿雯却孩子般地一次又一次天真地编织它，依旧为其神魂颠倒而无悔无怨。

而我呢，我又算什么？浪漫潇洒固然是一种美丽，但忍耐与坚强也是生命中辉煌的风景。对于爱与不爱，我的心已开始淡漠，因为我已进入情感的休眠期，我要用一双天然的怨目去溶化自己深沉的无奈。

　　　　　1993 年 6 月 上海复旦大学南区 7 舍 307 室
　　　　　1995 年 6 月 南京大学 18 舍 311 室（重新整理）

# 非常关系

广州。

三个月啦。

已经有三个月，著名的女记者刘拉拉没有和任何一个男子有亲密的接触了。

也就是说，刘拉拉有三个月时间没有和男人有染了。因为她和男朋友分手已经三个月，在这三个月时间里，她没有和他联系，他也没有再给她一个电话，让她想再和他重修旧好的念头成为泡影。

她很渴望有一段情感来充实她的生活，哪怕是一次短暂的一夜情，她也愿意尝试。

好在她所在的单位是一家日报，繁重的工作任务让她每个白天甚至是夜晚都在为某一个采访而奔波，高收入给她带来一些虚假的自信，但是欲望之火焰总是在一些不经意的黑夜，将她的理智化为灰烬，她明明很累很困，但她就是睡不着。她强烈地想要一段情感生活，说得白些，想一个男子来折磨她，爱她，陪她睡觉，和她造爱。

她厌倦了这种没有情感的生活，她自己都不敢相信，她这么一个情感丰富的女人怎么会有情感空白的日子。她过不下去了。她想来一场恋爱。她想抓住任何一个有可能产生爱情的机会。这么久了，没有新的情感生活也许是因为她老在广州的原因，所以她厌倦了广州，她总想找个机会离开广州，哪怕一天也行。

刚好有一个采访可以离开广州，那是去上海采访一个家庭暴力案件的公开庭审，她努力争取到了这个机会。

是的，只要有新鲜的感觉她就去尝试，她希望那些新鲜的生活不断地在她的眼前变幻，像变魔术般变给她想要的快乐的生活。她期望这次上海之旅，上帝会赐给她一段"旅游爱情"，出差无数次，她还没有过这样的体验，她非常清楚，在短短的旅途中，有两情相悦相互欣赏的艳遇，也是十分不容易的。她又安慰自己，哪怕没有产生旅游爱情的可能，这次上海之旅，也可以让她乘机离开广州散一回心，就当一次公费旅游吧，何乐而不为。

飞机在虹桥机场降落的那一瞬间，她就感觉到上海的气息。在上海这个繁华的城市里，到处充满着末路贵族气息，的士司机毕恭毕敬将她送到和平饭店的时候，她看见了一个身着旗袍的中年妇女从大堂里走了出来，她想，如果广州是一个风骚的妓女，那么上海就是一个自恋的怨妇。

尽管如此，26 岁的刘拉拉带着广州记者特有的优越感在云集的记者中还是显得有些鹤立鸡群。在大上海的夏天里，她穿大胆时髦的背心，戴港产的有色墨镜，操着粤式普通话，喷法国名牌香水，她整个人散发着阵阵骚味，她想她还是吸引了一些人的目光。

她心里特别高兴，她感觉有一个男子正在缓缓地靠近她精心设计的温柔的陷阱。

在新闻发布会上，她看见了那个她想要找的人。他是东方电视台一名摄像，叫贾保罗，他长得就像他的名字一样让人心生邪念，首先是他很高，然后是他很帅，还有他青春，幽默。刘拉拉在心里对他有了好感。

他也明显地对刘拉拉有了兴趣，先是在交换名片的时候，贾保罗看了看刘拉拉的名片，嗲嗲地对她说，你太吝啬了，连手机号码都不给我留。

刘拉拉开心地笑了，说，我以为你不会找我，就是要找我，无论是谁，只要呼我，我会在两分钟之内给你回电话的，这不仅是我的工作要求，而且我的"机德"特好。

贾保罗说，那么土，谁还用呼机。

刘拉拉说，呼机还是有呼机的好处，它可以让我知道什么人的电话我可以拒绝。

贾保罗说，那你就更要给我留你的手机号码了，我不想让你拒绝。

刘拉拉很爽快地给贾保罗留了手机号码。从此后的3天时间里，在采访的每一个现场，贾保罗总是跟在刘拉拉的身后，到了他要摄像的时候，183厘米高的他，扛着一台摄像机，总是挤到刘拉拉的前面，双腿一叉，很专注地摄像，那个姿势，看上去很酷。刘拉拉在他身后，通过他叉开的双腿往上，看到了他包在牛仔裤里浑圆饱满的屁股，她突然感觉到了他的性感，他身上丝丝的汗味使她有了一种久违了的性高潮般的炫目。

中午休息的时候，因为贾保罗是上海人，没有住酒店，他就来到刘拉拉入住的和平饭店的房间喝水。看着刘拉拉最新款的超薄手提电脑，全自动的数码相机，他赞叹刘拉拉的东西很新潮。

刘拉拉给了他一杯冰水，就把他晾在一旁，开始不以为然地写稿，处理照片。

一个小时后，刘拉拉的文字和图片稿件全部处理完毕。她的工作作风和效率让贾保罗心悦诚服。

贾保罗还是掩饰不住他的好奇，他要玩刘拉拉的高级数码相机，说，它真有意思；再把刘拉拉超薄的手提电脑拿在手里掂量，说，它真轻巧。

刘拉拉想起一个关于上海人自命不凡的笑话来，一个上海女人要出差几天，她在办公室里娇滴滴地抱怨说，哎呀，真倒霉，我要到乡下去几天了。她的同事问，去哪里呀。她回答，去北京呀。这个笑话，刘拉拉记忆犹新。

刘拉拉得意地对贾保罗说，你以为呀，我是从广州来，不是北京。

三天的采访很快就到了尾声。刘拉拉订了第二天中午回广州的飞机票，还有半天和一个晚上时间，刘拉拉已经没什么事情了，她可以趁机在上海溜达，疯狂地购物，上海的东西比广州的便宜，而且比广州的东西质量要过硬。

她知道贾保罗是愿意陪她的，因为她还没有开口，他就抢先说，你先发完稿，我也回电视台里交片子，然后我来请你吃餐饭，不知道你是否有别的安排。

刘拉拉说，我求之不得，如果你不介意我还愿意以 AA 制付费。

贾保罗说，你真是一个让我眼前一亮的女人。

下午 3 点的时候，贾保罗准时来敲刘拉拉的门。

他们首先去了上海外滩，这是上海人的颜面，每一个去上海的人都会去那里吹吹风，照照相，不论你是一个中国农民还是一个美国农民。

然后他们在南京路上一间广东人开的海鲜店吃了海鲜，喝了广东人在上海煲的老火例汤。AA 制付费后，他们去了城隍庙夜市。在一个拐弯处，霓虹灯的暗影里，贾保罗终于拉上了刘拉拉的手。

在路上，刘拉拉情不自禁地给贾保罗说起自己和男朋友分手的事情。

刘拉拉说，我现在是单身贵族，很自由。

贾保罗很愉快地说，我早看出来你和男朋友分手了。

刘拉拉拍了一下他硬邦邦的屁股说，你是神仙？

贾保罗哈哈笑，说，你身上散发出一股怨妇的魅力。

刘拉拉也哈哈笑，回敬他说，我也嗅到了你身上飘着的"上海牌"野鸭子的芳香。

他们在不知不觉中回到了和平饭店。刘拉拉说她要冲凉，这时，贾保罗要求用刘拉拉的手提电脑上网，他想收个邮件。

刘拉拉说，好吧。

她将电脑放在床上，接上电话线，垫着一个枕头，坐在地毯上，打开电脑，开始拨169，等待上网。

贾保罗则顺势坐在刘拉拉的背后，看着她。

几分钟后，刘拉拉发现自己的肩头、耳际有了贾保罗滚烫的气息，同时她感觉到贾保罗的身体靠近了她，她清楚地感觉到了他下体的变化。

他们像干柴遇到烈火，把整个房间都点燃了。

刘拉拉觉得在和平饭店住的这三个夜晚，只有此时才是最有意义的。在和平饭店的这个房间的床上、地毯上、洗手间、桌子上，都留下了他们的气息和体液，有一次刘拉拉看见贾保罗的精液穿过她光滑的肩头，射到了她背后的镜子上。

窗帘里有了些曙光。

第二天上午9点钟的时候，他们叫了餐。

刘拉拉在迷迷糊糊的状态下收拾行李，在去虹桥机场的出租车上，她差点睡着了。

贾保罗拍着刘拉拉的腰说，我真想离开上海，不想在上海呆了，你在广州看看有什么单位适合我，通知我一声。

刘拉拉说，哈，不会是因为你爱上了我吧。

贾保罗说，有一点点。我总被有独立人格的女人吸引。

刘拉拉笑着说，有一个网站的广告语是"上我一次终身难忘"，现在这话最适合说给你，对吗。

回到广州，刘拉拉睡了一天，回到办公室，她的实习生拿给她一叠信件，和一些留言，其中有三个是贾保罗留的。因为刘拉拉想保证睡眠的质量，关了手机呼机，家里的电话也拔了。她看见贾保罗的留言是"飞机有没有掉下来呀，阿拉有些担心""给阿拉电话""侬系一个没有机德的人"。

刘拉拉开心地笑了，上海的男子也有他软弱的可爱之处。但她内心很清楚，这段"旅行爱情"已经告一段落，也许就在她通过虹桥机场安检通道，回头望着贾保罗那一瞬间，他们的这一夜的情，就结束了。

现在她在广州，一个开放的广州，一个金钱的广州，一个疯狂的广州，她要面对的是工作，工作，再工作。她要生存，她要过一种纯粹自由的随心所欲的生活。她要拼命赚钱，然后又发疯似地花钱。她是一个疯狂的女人，无论是对爱情、性，抑或是对工作。

尽管她已经是一个出色的"名记"了，稍稍努力，一个月的收入可以超过 1 万元人民币，还有那么多对她狂热崇拜的读者，但是她还是不满足，她不知道自己到底要寻找的是什么。

她回了几个电话，就开始阅读读者来信。真是奇怪，在这次的十多封读者来信中，她发现有六封信是要求卖肾的。她一看就知道一些人要么是家里穷，实在是想通过卖肾解决问题。有人是家里亲人得了病，欠了很多债；还有的是炒股亏了，想还钱；还有一个读者纯粹是为了想和刘拉拉通个电话，想认识她，才出此下策。真是无奇不有。

其中一封信让她有了浓厚的兴趣，看字迹就知道是一个女人写的，信非常短，但字里行间透露出她的绝望，她是一个只有 25 岁的女子，她卖肾的理由很奇怪，她希望有一笔钱，给她的未婚夫，然后她才有可能和他结婚，再和他离婚。

她不是和自己过不去吗？刘拉拉对她产生了兴趣，好在她留了一个手机号码。

刘拉拉对这个女性读者之所以产生了兴趣，也许是人的窥探心理作祟，她猜这个女人肯定有许多的隐私。离奇的隐私，她喜欢，读者也喜欢，老总更喜欢。

刘拉拉又有了工作的兴趣和动力，她想见见这个女子。她马上打了一个电话给这个女子，她的声音充满着焦虑，绝望，有些无奈，还有些神经质。她第一句话就说，我的故事，你答应我不要见报。

刘拉拉说，不见报，谁帮你呢。把你的故事登出去，就有人同情你，才有人给你捐钱，你就不用卖肾了。

但这个女人坚决要自己卖肾，不肯要人捐钱，她说找个僻静的地方聊聊可以吗？

刘拉拉答应了。她们约好来刘拉拉的报社附近，找个酒吧，或者是就在报社里谈。

她们约好第二天下午见面。可是晚上的时候，这个读者给刘拉拉电话，她改变了主意。刘拉拉心里有些恼火，但是她想这个女人可能真的有什么难言之隐，她就强忍着不耐烦，对这个女人说，好吧，你想好了再打电话给我吧。然后她对那个女人强调自己很忙，刘拉拉是一个"名记"，没有那么多时间和她周旋，要让她明白刘拉拉不是为某一个读者工作的。

三天后，这个女读者来电话说，她愿意见刘拉拉，希望刘拉拉安排时间。

刘拉拉说，星期一下午 3 点吧，地点就在她们报社的办公室。

她支吾着说，你们那里人太多……

刘拉拉答应她找一个没有外人的房间和她聊。

星期一中午，刘拉拉把很多的事情都推掉了，一些杂事她让实习生去处理，她专门等待这个陌生的女人。

下午 2 点半的时候，这个女人来了一个电话，问刘拉拉是不是在办公室，得到肯定回答后，她答应马上就出发。

3 点钟的时候，刘拉拉的手机又响了。

她有些生气，因为她看见又是那个女人的电话号码，她在想，这个神经质的女人是不是又要改变主意，她都有些厌烦了。

她说，已经来了，我在你们电梯的拐角处，因为我看见你办公室里有很多人……

刘拉拉马上去找她。她看见了一个精神憔悴的女人，站在电梯拐弯处，脸显得更黑了，她看上去有 30 多岁了，化着浓妆，黑着眼圈，满脸是汗。

刘拉拉将她带到一个报社专门堆杂物的屋子。屋子里蒙上了一层灰。这个女人倒是很满意。

她坐在一张旧沙发上，看了一眼刘拉拉，有些胆怯地说，我可以给你说了吗……

刘拉拉翻开笔记本，准备记录，这时这个女读者又看了她一眼，刘拉拉感到有些不自在，也许她不应该记录，这是别人的隐私。

刘拉拉决定不记录了，她说，你说吧，我先听听，看我能不能帮上你。

她又看了刘拉拉一眼，说，说来话长，要从我的童年说起的。

刘拉拉安慰她说，没关系，这个下午，我就是专门留给你的。

她说，我叫来妮，是安徽人……我很喜欢看你们的报纸，我是你的忠实读者，你的题材都是像我这样的不幸的人，我信任你，所以我找你……你可能不会相信，我今年才 25 岁，可是，我，已经有一个 2 岁的孩子了……我是一个不幸的女人，但是我的童年是幸福的，我过着同龄人羡慕的生活……我的父母对我疼爱有加，父亲是一个乡镇企业的负责人，改革开放初期，他承包了这个企业。

童年时期的我，有穿不完的新衣服漂亮裙子，玩不完的洋娃娃，吃不完的糖果和巧克力，我知道自己是一个人见人爱的孩子，说我糖水里长大的简直不为过。上完幼儿园，接着上小学，再上重点中学，高中的时候，寄住在学校，隔一个星期回一次家，因为我的学习成绩非常出众，引来了同班同学的嫉妒，在一次吵架中，我隐隐约约知道了自己的身世。我的一个女同学骂我说："你神气什么呀，你都不知道自己是哪里来的，为什么叫来妮，你不晓得去问问你的父母吗，你是他们捡回来的孤儿！……"

回到家，我就哭着问我的父母，这到底是怎么一回事。

母亲显得不高兴地说，你这孩子越大越不懂事了，哭什么呀，听见别人说什么就相信了？你觉得爸爸妈妈对你不好吗？

我说，我已经长大了，有什么事情你们不要瞒着我，这样我觉得你们真的没把女儿当成一个人。

父亲说，女儿，你是知道我们有多么地爱你，你是我们心头的一块肉，你不要胡思乱想，安心读书，争取考上你梦寐以求的复旦大学。

我开始沉默了，我觉得我的身世有了秘密。在学校里，我尽量不得罪任何一个同学，以免他们揭我的短（父母没有承认什么，我心里还是有了阴影），我只管埋头读书，我唯一的快乐就是成绩遥遥领先。

爸爸还是每个星期都来看我，就是他没有时间，他也会让他的司机给我送钱来。尽管爸爸对我的关爱有加，无微不至，我在心里和他有了距离。

1994 年，我终于考上了复旦大学经济管理系。那个暑假，我才 19 岁，但是，我已经觉得自己的心早已变得苍老。

到复旦大学的前夜，父亲终于肯告诉我我的身世了。

他说，他和母亲是安徽大学的同学，上学期间彼此产生了爱情，大毕业后他们为了支援山区，来到镇上这个企业，"文革"期间他们被迫天各一方，没有机会见面，母亲身体不好，经常生病。父亲仍然在单位看着大门。结婚十多年，他们时时都在盼望着有一个孩子，但是去医院检查，发现母亲是一个没有生育能力的女人。他们多么希望有一个孩子，带给这个家庭天伦之乐呀。

1976 年冬天，父亲恢复原职，成了企业的领导人。春节前夕，父亲去四川成都出差，要回安徽时，他在成都火车站候车，突然发现一群人围在女厕所门口，指指点点，议论纷纷。父亲跑去一看，就看见了在一个布卷里只有几天大的我，我的脑门上甚至还有生母生我时留下的血丝。父亲那个时候有多么地高兴呀，他不顾一切地将我抱了起来，唯一的念头就是这个女儿就是神赐给他的。他马上到火车站百货商店买来奶粉，奶瓶。我可能对父亲笑了，因为在那个寒冷的冬天，我喝上了第一口奶，我也终于找到了自己的衣食父母。

也许是我出身低下，我出生才几天就会笑，那笑就仿佛是天生的一样，只要你对我好，抱我一下，我就对你一笑，只要你给我一口吃的，我就对你一笑。母亲说我特别乖，晚上从来不哭不闹，该吃的时候狠吃，该睡的时候猛睡，把屎把尿，我从来不哭。父亲说，我特别聪明，什么东西一学就会，也非常听话，什么事情都不会让父母多操心。

父亲安慰我说，我们也试着找寻你的生身父母，但他们是很难找了，他们什么也没留下，一个字，一件礼物，都没有……

我也想到了，也许我是一个私生女，母亲没脸要我，也许我的生身父母很穷，养不起我，也许我的生身父母重男轻女，他们期望生下的我是一个儿子，却生下了一个累赘的女儿……反正，是他们不要我了，我也没有任何的办法找回他们。

我哭了一整夜，那个可怜的弃婴就是我吗，我天生就知道人情冷暖吗？天生就是怕孤独，怕没人怜爱而要讨好别人，老冲着别人笑吗？我大哭，可是有谁又能听得到苦命的我的心声呢？

复旦大学的生活让我渐渐淡忘了我的身世之苦。但是我怎么也高兴不起来了，我怎么就不会笑了呢？我的父母还像以前一样疼爱我，父亲还是经常出差来看我，每月都寄 1000 元钱给我，但是我还是觉得自己在这个世界上没有亲人，我是一个孤儿。一想到我是一个孤儿，泪水又打湿了我的枕巾。

我渴望有人关心我，改变这一切。但我又不敢将这些东西告诉别人，我不交任何的朋友，我在心里拒绝他们，我害怕他们知道我的一切。

大二开始的时候，"他"出现在我身边。父亲每个月寄的汇款通知单都是"他"交到我的手上。我知道，每个月 1000元的生活费，在班上是没有第二个人了。我也给自己买些时髦的衣服，剩下的钱，我就买书，我读很多的书。在双休日，我买一张火车票去上海附近的城市，比如杭州、苏州、常州、无锡、镇江、周庄、南京、扬州等地，星期一再回来上海，我总是独来独往。

有一次，"他"居然在文科图书馆的阅览室里找到了我，把汇款通知单交到我手上时，说，来妮，我找你半天了，原来你在这里呀。

"他"说着话，也坐下来和我看书。天渐渐暗了，我感觉到有些饿，就想离开文科图书馆。"他"也跟了出来，说，来妮，反正吃饭的时间到了，不如我们一起吃餐晚饭吧。

我没有拒绝他。我们在学校附近的一个四川菜馆里找了一个靠窗的座位。我这时才敢看他的脸，他有一张讨人喜欢的、轮廓分明的脸。我心里咯噔一下，我这是第一次这么近距离和一名男子坐在一起。

"他"说，来妮，你好像不愿意和同学们交往……

我低下头，没有回答"他"。

我不说话，"他"也不勉强我。倒是"他"说了他自己很多的遭遇，其实他是一个回沪知青子女，几年前从云南回到上海，住在闵行，家里有一个精明的上海土产的后妈，父亲忙着赚钱养家，没时间关心"他"，"他"在家里仿佛就是一个多余的人，家里很小，他住阁楼，只1平方米，等他个子长高了，他就只好蜷着睡觉，现在终于考上了大学，最让"他"高兴的是，"他"终于有一张能舒展着睡觉的大床了。

原来"他"也有如此悲惨的遭遇，我心里渐渐对"他"产生了好感，我的孤独的感觉也渐渐地少了，那餐饭，使我感觉到了温暖。想起"他"的处境，我想"他"肯定没有多少钱。我执意买单了。从此开始了我付钱的生涯，那条路，没有归路和尽头。

后来，"他"经常给我电话，还常去文科图书馆找我。在周末的时候，我们常常去外滩，去四川北路、淮海路、南京路逛街，"他"偶尔也送我一本我喜欢的书。"他"在我心里开始有了地位，我觉得"他"才是我在这个世界上最亲的人，我渐渐开始在情感上依赖"他"。

有一个周末，我们从外滩回到五角场，"他"还不愿意回学校，我们就在五角场转悠，这时，天下起了小雨。身材高大的"他"毫不犹豫地将我揽在"他"宽厚的怀中，顿时，我像触电一样昏倒在"他"的胸前，脚下没有迈步的力气。"他"将我带到路边的蓝天酒店，我们开了一间房（当然是我的钱）。"他"非常自然地脱下"他"淋湿了的外衣，拿了毛巾给我擦头发上的雨。"他"的手，碰到了我的脸，我又一阵眩晕……我本能地将"他"的手紧紧地按在我的脸上。我仿佛找到了我的生身父母，找到了我的兄弟姐妹，我握着"他"的手，就像找到了我的精神家园。我害怕"他"离开。我哭了，哭得快要昏死过去，在迷迷糊糊中，我感觉到"他"吻了我的脸，吻了我的眼睛，吻了我的嘴唇，吻了我花蕾般的乳房和透明的身体。

"他"是我的第一个男人，我也希望"他"是我的最后一个男人。在那个下午，我看见了生身母亲留在我身上的鲜血。

后来我像吸上了鸦片一样想和"他"在一起，离开了"他"的身体，我就是一个无家可归的孤儿，我要牢牢抓住"他"。因为"他"执意不在学校里和我见面，每个星期我们都在学校附近的酒店里幽会，"他"说什么我都依，我给"他"买衣服，甚至给"他"买香烟。我父亲给我的钱，几乎都用在了和"他"住酒店和吃饭上了。

大学毕业的那年夏天，我们开始同居了，我和"他"都在等待工作安排，"他"不愿意回闵行的家，去住那个只有1平方米的阁楼，我们就在五角场附近租了一套一居室的民房。

一个月后，家里突然拍来电报说"有急事，速归"。我以为是父母的身体不好，生什么大病了，急忙赶回家，原来，父亲承包的企业倒闭了。因为父亲年纪大了，在生意场上斗不过别人。父亲破产了。全家的精神和物质支柱垮了。可就在这个时候，我突然发现自己有了孩子，我很怕，也许"他"真是一个吃软不吃硬的人，我一再求"他"来安徽共同解决此事，然而等来的是整整一年的分离，孩子自然没有留下。为了照顾父母，我回到了合肥工作。

第二年，"他"突然从上海来到合肥找我，痛哭流涕地说，还是我对"他"最好，"他"不愿意离开我。而我那时对"他"的情感始终没有释怀，似崩了闸门的海，又一次涌向"他"的怀抱。我深知，好马不吃回头草的道理，可我还是义无反顾地和"他"同居。我不否认，我爱"他"，深深地爱"他"，不能自拔。"他"也着实关心了我一阵。"他"在上海工作，我在合肥，相隔两地，"他"还是坚持每个月来合肥一次。

1999年9月，我又一次发现自己怀孕了，我告诉"他"，让"他"马上回合肥和我结婚，"他"知道后，不但没有安慰我，反而有些生气地说，坚决不能要这个孩子。去医院检查，医生说，已经三个月了，要手术就必须赶快。那时，"他"已经不怎么和我联系了。当时，我也没有心思考虑那么多了，留下了我现在快满两岁的儿子。

我瞒着父母说自己结婚了，有了孩子，因为"他"在上海，分隔两地，希望父母帮我带孩子。父母倒是欢天喜地地答应了。

而那个我深爱的"他"呀，从来没有尽到一个父亲的义务，从来没有主动给孩子一个电话，更没有给孩子寄过一分钱。春节时，我一再求"他"，"他"才回我们家看看孩子。"他"去是去了，可是我知道"他"是不情愿的。但是"他"还说，我不愿意去你们家，并没有别的什么意思，只是，你看，我们现在什么也没有，回去又有什么用呢？

　　为了挣钱养家，我辞了原来的工作，自己当了老板，当时在半年时间内，挣了5万元钱。但是听说"他"辞了原来的工作，想自己发展，我除了给孩子一些钱外，把自己赚来的钱毫无保留地给了"他"，让"他"全心全意地发展自己，开拓自己。

　　可是"他"呢？那个我深爱的"他"呢？"他"每次来看我，我根本不知道具体的日期，想来就来，一个电话也不打，我感到很恐惧。更可怕的是，每次在一起的时候，"他"总是在我面前提起别的女人，以及"他"和别的女人在一起做爱的情形，我很苦恼，很烦，但是我不知道该怎么办，我无计可施。

　　现在，我的年龄越来越大，我也不想把自己的幸福都寄托在"他"的身上。我也不得不想想自己的将来，我也不想虚度时光，想找回我自己。但是我怎么才能找回自己，我不知道。我后悔我这样活着，我恐惧、无助、无奈，我快要疯了，快要支持不住了，每一次想要结束自己的生命的时候，总有一个声音在说，不要呀，不要，你还有一个孩子，有年迈的父母……其实我自己也放不下，我不甘心就这么走了……

　　我问过"他"，我们到底什么时候结婚，但是"他"总是说自己没有钱，"他"说，你现在有20万，我马上和你结婚。

　　我听了心都碎了。好吧，我愿意给你钱，我要和你结婚，然后再和你离婚，我要报复你……但是我又有什么办法去找到

20 万元呢？

听说肾很值钱，一个肾可以卖到 20 万，我就想到了卖肾。

刘拉拉记者，你要帮我，求你帮帮我。

刘拉拉听得都傻了，这是一桩感情纠葛的事件，她真的很难帮上来妮的忙。因为刘拉拉清楚现在的肾根本就不值钱了。她考虑到来妮已经是成年人了，要断了她卖肾的念头，其实她完全可以改变自己的命运，她可以和另外的人结婚呀。

刘拉拉说，来妮，现在的肾真的不值钱了，你知道广州一些大医院换一个肾，加上手术费药费一共才 6 万元钱。

来妮有些吃惊，她不相信肾就这么便宜。

刘拉拉就告诉她，你知道现在的肾源广泛，尤其是一些死囚的肾更是便宜。一个医生告诉过我，他们和一些边远山区的法院签了合同，健康死囚的器官他们都要。如果山区要枪毙一批死囚了，当地法院会提前通知这家医院，医院的医务人员就去当地给死囚检查身体，化验他的血型以及一些有关的配型。有一次，法院的人对医院的人说，你们什么时候需要肾，如果急需，我们可以提前枪毙……

来妮更加吃惊了，她想象不到，她以为可以卖 20 万元的肾，原来也可以这么不值钱。她显得有些不知所措，她说，天呐，那些法院不是在做无本生意吗？

刘拉拉觉得自己可能吓到了她，就安慰她说，当然这些交易也许只是一些人的猜测，我只想说，卖肾不是你的出路。

刘拉拉又说，再说买卖器官在我国是违法行为，我根本就不能给你介绍医生，除非你要捐肾，一分钱也不要……

来妮哭丧着脸，不敢说话。

刘拉拉趁机对来妮说，你还是回去好好想想，肾，不像骨髓和血液，可以再生，你不要轻易就卖了或者捐了肾，少了一个肾，你自己的身体的抵抗能力也会降低呀，你还要养家呢，你为什么不找一个富裕的男子嫁，这不是两全其美吗？

来妮流着眼泪说，我也试过和别的男人，但是我不能……和其他男人在一起，我想到的还是"他"。

刘拉拉说，但是从种种迹象表明你的那个"他"根本就不爱你呀。

来妮小声说，这些我都知道……

来妮在刘拉拉的分析下，也认清了那个"他"并不爱她的事实，她答应回去好好考虑一下，不再卖肾了，她也愿意考虑试着和别人恋爱。

晚上刘拉拉回到家，她还在想来妮这个女人，她想不到还有这么固执的女人，她想不通为什么来妮明知道那是一份绝望的情感，根本没有任何结果的情感，她为什么还像一只飞蛾一样自取灭亡呢。

刘拉拉想，来妮要是去当一回妓女，或者从精神到肉体彻底地背叛"他"一次，她或许就会放得开些。但是刘拉拉怎么好去劝一个良家妇女去当妓女呢，这是她的职业道德所不允许的。

开着电视，看香港明珠台的 930 片子，片子结束的时候，已经快 12 点了，她有些睡不着。她给贾保罗打了一个电话，她有些想他的身体了。

贾保罗也十分清楚刘拉拉在晚上的念头，他就说，拉拉，我很想你，想你发疯的样子，我真想看见你。

刘拉拉说，是吗，你的嘴真甜。你想怎么样见我？

贾保罗说，我想天天看见你，住在广州，不要回上海，每天和你做爱，直到榨干你！

刘拉拉说，要是这样，我也可以去上海的呀。

贾保罗说，我真的厌倦了上海，想换个环境。我说的是真心话，你给我找个单位吧，电视台也行，报社也可以。

刘拉拉说，你怎么就知道我可以帮你找工作呢？

贾保罗说，我相信我的眼光，你是那种很有能力的女人。

刘拉拉说，你抬举我了。

贾保罗说，我喜欢能力很强的女人，当然也包括床上的能力。

他们通过电话传递着偷情的快乐。

刘拉拉开始觉得贾保罗是一个可以考虑恋爱的对象，她认为贾保罗人高马大，183厘米的身材可以过关，走在一起让人羡慕，他长相也不差，看上去舒服，是上海人，又是大学毕业生，自己也有能力工作，还有他也能给她肉体上的满足……她心里真的开始考虑他了，她想给他联系广东电视台或者广州电视台，他要成为一名摄像或者一名记者都是绰绰有余的，说不定，当一个节目主持也不困难呀。她给一些熟人和朋友打电话，开始打听什么地方缺人。

刘拉拉开始了一段新的恋情了，同事们都在为她感到高兴，大家都在盼望着早日见到她的新白马王子。


半个月过去了，来妮又给刘拉拉来了一封信，她在信中写道，拉拉记者，我想了很久，我还是需要钱，生活的压力，情感的酸楚太令我神伤了，我还是想和"他"结婚……我忘不了"他"……我快要窒息了，你帮帮我，求你成全我。如果卖肾不成，我愿意给那些不愿意生育又喜欢孩子的夫妇代孕孩子，只要他们给我钱就行……

刘拉拉真的傻了，她觉得来妮已经无法救药，能拯救她的只有一个人，就是她的那个"他"。

刘拉拉无法回答来妮，她不知道该怎样来帮助她的这个读者。她遇到了当记者四年来的第一桩令人头痛的事情。

爱情的力量就是如此之大吗？还是我们自己在纵容自己呢？其实有些东西完全可以克服的，比如那些欲望。

刘拉拉想，要是自己也陷入了这种情况不能自拔，她该怎么办？但是她马上就否认了，她不会的，因为她是一个独立的新女性，无论是物质上还是精神上，她都是独立的，她不会依附任何一个男子，才能生存，除非是死亡，她想，就是死亡也很难将她打倒。

当然生活像一条没有断流的河，每天都不急不缓地流动。

刘拉拉的生活因为有了一段新的恋情而开始变得紧凑了。除了每天正常的工作，她开始四处张罗着为贾保罗联系电视台的工作。一个在广东电视台工作的朋友告诉她，目前有一个新的栏目开始运作，可能有机会，他希望贾保罗先来广州面试一下。

刘拉拉将这个消息告诉了贾保罗，他高兴得马上答应要来广州。

贾保罗的飞机是傍晚的，刘拉拉为了迎接她的上海情人，那一整天她都没有回报社，她将她的床单换了新的，把地毯打扫了一遍，给房间、客厅以至于厕所里的花瓶里都换上了鲜花，房间里是幸福的黄玫瑰，客厅里是洁白的白玫瑰，厕所里是紫色的勿忘我，空气里洒了些柠檬香水，冰箱里准备了大量的饮料和水果，她的房间简直是一个芳香富饶的迷花园。

贾保罗如期而来，他们的快乐也再一次从上海的和平饭店延续到广州。那个漂亮的迷花园在他们的疯狂的追打中成了一个废墟。房间里充满着浓郁的荷尔蒙液体的味道。

第三天，刘拉拉在广州酒家宴请广东电视台的朋友，顺便给她的上海情人贾保罗接风。通过面谈，电视台方面的人对贾保罗比较满意。

在刘拉拉的挽留下，贾保罗答应在广州停留9天。在他留在广州的这些日子，她很少去报社上班，就是去也是去晃一下就回来，他们去菜场买菜，回来烧饭，俨然一对新婚的小夫妻。

刘拉拉在某一刻，她会不经意地想起来妮，她甚至可以理解她，她觉得一个女人真的爱上了一个男子，那将是她生命的全部，现在，她可以理解那个绝望的来妮。她甚至在想，她为了一个她爱的男子也可以辞掉工作，心甘情愿地成为一个朴素的家庭妇女，相夫教子，陶醉在自己编织的幸福的光环里。

也许这就是来妮和所有的女人们所追求的幸福生活，刘拉拉呢，她也会这么认为，但是她的幸福生活里还加了一些理智，她才不至于把自己烧焦。她认为爱情不是她生活的全部，就是生活里有了爱，对整个生命来说，那也只是昙花一现般的"小幸福"。

当刘拉拉沉醉在她的"小幸福"中时，还是贾保罗提醒了她，要安心工作，不要因为他而影响了她的工作，他甚至说，他真的愿意去看她到底是怎么工作的。


第二天，刘拉拉接受贾保罗的意见，开始了正常的工作，中午起床后，她在下午3点准时去上班了。临走时她吩咐贾保罗在家好好休息，傍晚的时候去买菜，等她回来再烧饭。

一到办公室，实习生就告诉刘拉拉，拉拉老师，一个叫来妮的读者给你来过好几个电话，说你的手机一直不开，她无法和你联系，她说她有紧要的事情和你商量，希望你尽快和她联系。

刘拉拉马上给来妮去了一个电话，来妮一改先前的绝望，语气中有了些许的兴奋，她说，"他"最近和她联系了一次，"他"决定要来广州工作了，"他"可能回心转意了，现在她卖肾的决心更加坚定了，哪怕只卖2万元，她也愿意，她要布置一个安乐窝，迎接她的"他"来广州，为了挽回"他"的心，她愿意背水一战。来妮最后说，如果你有空，晚上我们不妨见面聊聊。

刘拉拉想她已经在不知不觉中成了来妮的心理医生了，来妮已经把刘拉拉当成了一个倾诉的对象。既然有读者这么信任你，那是你的荣耀。

刘拉拉对来妮说，我有一个客人在等我，晚上是否有时间，我要先征求他的意见。

刘拉拉给贾保罗打了一个电话，一听刘拉拉说，晚上要与一个读者见面，贾保罗就来了兴致，说，干脆约读者一起在附近的餐厅吃饭算了，也省得烧饭的麻烦。

刘拉拉觉得他说得有道理。

刘拉拉再给来妮一个电话，说，那你来我们报社附近的一个绿茵阁西餐厅吧，那里环境很好，可以用餐，也可以聊天。

来妮高兴地答应了。她们约好晚上7点在绿茵阁西餐厅不见不散。

夜色里的广州十分的暧昧，刘拉拉和贾保罗手挽着手朝绿茵阁西餐厅走去。

在绿茵阁西餐厅的走廊上，远远地，刘拉拉看见来妮已经坐在那里埋头看一本时尚杂志。看见刘拉拉来了，来妮她笑了，再往刘拉拉身后一看，她的脸变青了，她盯着贾保罗咬牙切齿地说，原来……原来，你们认识？

刘拉拉再看看贾保罗，他一脸的不屑，还有尴尬。

一向自命不凡的刘拉拉，此时像掉进了一个冰窟窿里，瞬间变成了一个冰雕，死死地定在了那里……

2001 年 7 月，广州